講談社文庫

監督の問題

本城雅人

JN053763

講談社

監督の問題　目次

監督の問題

第1話　ときは金なり

1

〈監督って意外と暇《ひま》なのね〉

携帯電話から聞こえた嫁の瑛子《えいこ》の声に、宇恵《うえ》康彦《やすひこ》はムッとした。

「暇なんやのうて、監督と選手とでは、やる事が全然違うと言うただけやないか」

昨日から始まった新潟《にいがた》OCアイビスの春の沖縄《おきなわ》キャンプ。新監督としてなにかしなくてはいけないとは思うのだが、選手に指示を出すのはコーチだし、かといって監督が球拾《たまひろ》いなど雑用を手伝うわけにもいかない。宇恵は朝から夕方の練習終了まで、じっと腕を組んで見ているだけだった。

〈それだったらあなたがノックすればいいんじゃない。『もう一丁行くぞ』とか、『ほら、ハッスル、ハッスル』とか言って〉

「アホか、今時、ハッスルなんて言うたら、どこのおっさんが来たのかと笑われるわ」

まだ四十一歳、監督就任会見では「青年監督」と紹介された。

〈そう？　たまにファインプレーして帰ってきた時なんか、きょうは久々にハッスルしたったわって、どや顔で言ってたけど〉

すぐに軽口で返された。まったく口が立つ嫁には困ったものだ。それでも選手の頃とは違い、監督は無駄話もしにくいので、嫁がいい話し相手になっているのは確かだった。

キャンプで監督がノックをすることもある。とくにファンが多い日曜に、グラウンドコートを脱ぎ、ユニフォーム姿でノッカー役を買って出ると、ファンは盛り上がり、夜のスポーツニュースでも取り上げられる。

だが今の宇恵は、そのノックさえうまくやる自信はなかった。一昨年まで大阪《おおさか》ジャガーズの四番打者としてたくさんのホームランを打ってきたが、バッティングというのは向かってくるボールにバットを出すから当たるのだ。目の前でふわっと上がって落下してくるボールを思い切り振りにいけば、初心者ゴルファーのように空振りしてしまうかもしれない。

「まぁ、練習中はぎこちなかった分、これからミーティングでビシッと締めたるけどな」

〈あなたがミーティングなんて出来るのかしら。そっちの方が心配だわ〉

瑛子の心配は当たっている。実際、一昨日《おととい》のキャンプイン前日の初ミーティングでは「これから新しい新潟アイビスに生まれ変わるんや」と所信表明するつもりだった。それが選手を前にした途端、視線が気になり、用意した内容の半分も話せなかった。昨日のミーティングはそれに輪をかけて酷《ひど》かった。

「もう七時五十四分か、ちょっくら、行ってくるわ」

〈ミーティングって八時からでしょ。監督は、選手が全員集まった最後に行けばいいんじゃないの〉

「そうもいかんのや。選手を待たせたら悪いからな」

宇恵は電話を切るとミーティングルームに向かった。

中に入ると選手たちが一斉に「お疲れさまです」と挨拶《あいさつ》してきた。こういう挨拶にもまだ慣れず、どう対応していいか困る。とりあえず「お疲れさん」と同じ言葉を返し、真ん中の席に座った。

右隣にはチーフ兼打撃コーチの丸子《まるこ》が座っていた。コーチも知らない人間だらけのアイビスでは、丸子は大阪ジャガーズで一緒にプレーしたことがある、ただ一人の気心の知れた後輩である。

「マル、全員集合か」

当然のように聞いたのだが、丸子からは「まだです」と言われ拍子抜けした。集合かと聞いたのは昨日のことがあったからだ。

昨夜のミーティング、選手数人が八時を過ぎてからぞろぞろと現れた。おしゃべりしている者もいて、緊張感はまったくなかった。ここはチームを締める絶好のチャンスやと思った宇恵は「おまえら、遅刻してくるとはなにごとや！　次やったら即、二軍落ちにすんぞ！」と雷を落とした。

激怒したことで、選手の表情は変わり、雑談も消えた。だが空気は一気に悪くなった。選手たちは相当こたえていたから、今晩は開始時間より早く来て着席し、監督が来るのを待ってる、そう思ったから宇恵も五分前に来たのに……。

十七年前、嫁の瑛子と付き合ったきっかけがこんな感じだった。出会ったのはプロ三年目、ジャガーズの四番を任されるようになった年のオフだ。後輩がセッティングした合コンに、まだ女子大生だった瑛子は友人に連れられてやってきた。

野球に興味がなかった瑛子は、関西きっての人気選手だった宇恵にまったく関心を示さなかった。そのことに腹が立ち、帰り際にデートに誘った。その待ち合わせ場所に宇恵は十五分遅刻してしまった。

悪い、悪い、時間、間違《まちご》うてな——軽く謝ったところ、育ちのいい女子大生だと思っていた瑛子の眉尻《まゆじり》がみるみるうちに上がっていき、激怒された。

――遅れてきてへらへらしてるなんて、あなた、ちょっと有名だからって、勘違いしてんじゃないの！

そう言って、帰ってしまったのだ。

当時はメールも携帯電話も今ほど普及していなかったから、もう一度連絡を取るのも大変だった。家に電話をかけ、親に取りついでもらってやっと話せた。何度も謝ってデートのやり直しをお願いした。今度は遅刻しないように注意して出掛けたら、待ち合わせ場所に三十分も早く着いた。それなのに瑛子はもう来ていた。

――なんでこんなに早よ来たんや？

――私に叱られたせいで早く来て、それで風邪《かぜ》でも引いたら可哀想だと思ったからよ。

その日は近畿一帯に雪がちらつく極寒の日だった。瑛子もマフラーを巻き、毛糸の帽子を被《かぶ》っていた。言い方は真冬の寒波くらいに冷たかったが、言葉には暖炉の炎に負けないほどの温《ぬく》もりを感じた。その瞬間、宇恵はこの女性と結婚したいと思った。

だがアイビスの選手には、宇恵と瑛子が交わした気配りのキャッチボールはないようだ。

顔を上げると、壁時計の長針が七時五十五分から一分動いて揺れた。

開始時刻までまだ四分ある。怒る時間ではないと、自分に言い聞かせる。

「マル、あと何人や」

丸子は背伸びして着席した選手を数え始めた。

「ええっと」

「五人ですよ」

丸子が数えるより先に、左隣に座る投手コーチの嶋尾《しまお》が言った。

宇恵より七歳上の四十八歳、同じチームにいたことはないが、投手コーチとして過去に二チームを日本一に導いている名投手コーチである。キャンプで毎晩ミーティングをやると言い出したのも嶋尾だ。

現れていない五人は、いずれも嶋尾が管轄《かんかつ》する投手だった。なのに嶋尾に苛立《いらだ》つ様子はなく「四分前ですから」と涼しい顔をしていた。心の中では「監督は今の選手のことをなにも分かってませんね」とせせら笑っているのではないか。コーチ経験の長い嶋尾は、なにかにつけて新米監督の宇恵を見下してくる。

七時五十七分になった。先発二番手の右投手と中継ぎ左腕の二人がとくに急ぐ様子もなく部屋に入ってきた。昨日も遅刻してきた顔ぶれだ。

「早く席に着け」丸子が注意した。

五十八分、最後の先発枠を争う若手が「みんな早いですね」と頭を掻《か》いて入ってきた。

五十九分、今年、大学からドラフト一巡目で入った石井《いしい》という右投手が現れた。おまえ、ええ加減にせいよ、心の中で怒鳴った。新人なら一番に来て、着席しているもんやないか。

「あとは市木《いちき》だけです」

手を口に添えた丸子が、宇恵の耳元で囁《ささや》いた。

右の本格派投手である市木は宇恵より五つ下の三十六歳。通算一八二勝で、最多勝タイトルを二度取っている新潟OCアイビスの、いや日本を代表するエースだ。だがキャンプ初日から「自主調整でやらせてください」と言い出し、一人だけブルペンに入らなかった。昨日、遅刻したメンバーの中で、最後に来たのも市木だった。

「マル、時間を過ぎても市木が来んかったら、きょうのミーティングは中止にすんぞ」

二夜連続して雷を落とすくらいなら、顔を見る前に部屋に帰った方がましだ。怒るのも結構なエネルギーがいるのだ。キャンプ早々こんなことをしていては身がもたない。

「じゃあ僕が呼んできます」

丸子が立ち上がろうとしたが、「アホか、コーチが呼びに行ってどないすんねん」と止めた。自分の苛立ちが伝わっているようで、部屋全体が辛気臭い。

五十九分三十秒を回った。視線は無意識に壁の時計と入り口とを行き来している。

腕組みして目を閉じた。すぐ開ける。まだ四十秒だった。また閉じた。だけどすぐに開ける。四十五秒だ。そこからは壁の時計を見ていた。五十秒、五十五秒、六、七……「帰るぞ」立ち上がった。そこに市木が現れた。

「監督、おしっこですか？」

呑気《のんき》な言葉に今度こそぶち切れた。だが怒りは不発に終わる。壁を見上げた瞬間、ちょうど時計の針が動いて八時を指したからだ。

「ミーティング、八時からでしたよね」

悪びれることもなく市木が言うと、嶋尾コーチが「そうだ」と答えた。

「良かったですわ、きょうは間に合って。遅刻で二軍落ちさせられたらえらいことですんで」

市木は片方の口角を嫌らしく持ち上げて言うと、最後列の席に浅く腰掛け、背もたれに体を倒した。

「では始めよう。まず監督からお願いします」

嶋尾が宇恵に顔を向けた。宇恵が最初に訓示のようなことを述べ、その後に嶋尾が資料を配ってチームが目指す野球について話すことになっている。

「きょうはわしはいいですから、嶋尾コーチが全部してください」

宇恵は腕組みして、そっぽを向いた。

2

弱いチームには理由はあるもんや——宇恵がそう思ったのは今に始まったことではない。

去年はたまにBS中継されていたアイビスのゲームを観たが、選手の実力不足は明らかで、大事なところでミスをし、リードされると選手もベンチも諦めていた。それでも夏場に監督が解任されたニュースを聞いた時は「こういうチームを任された人間は難儀《なんぎ》やなぁ」と同情したものだ。

アイビスがシーズン途中で監督をクビにしたのは二年連続だった。その後を受け継いだ監督代行も、経験豊富な立派なヘッドコーチだったが、シーズン終了とともに契約更新はしないと通告された。

アイビスのオーナー小此木《おこのぎ》一彰《かずあき》は、コーヒーチェーンを全国展開するまだ四十歳の若き実業家である。一杯三百円のコーヒーで商売しているとあって、野球に大金をかけるのを嫌い、補強はほとんどしない。そのくせ度を越す負けず嫌いで成績が悪いとすぐに監督を切る。マスコミからは「小此木オーナーは監督をエスプレッソの粉と同じで一回使ったら捨てるものだと勘違いしている」と揶揄《やゆ》されていた。

三年で三度目の監督交代とあって、スポーツ新聞は「さすがに今回はなり手がいない」と監督人事の難航を報じていた。そりゃ、誰もやらんで、こんな屁みたいなチーム……新聞を読みながら宇恵もそう思った。

それが去年の十月五日のことだ。加賀谷《かがや》というアイビスの球団代表が「一度お会いしたい」と電話してきた。その時は打撃コーチの要請だろうと思った。

ドンケツのチームのコーチなんかやってられるか。断るつもりで大阪のホテルに行くと、そこに小此木オーナーがいた。

「えっ、監督って、わしがですか？」

最初は聞き間違いかと思った。

不精髭《ぶしょうひげ》が似合い、俳優のような端正なマスクをした小此木はきらきらした瞳で、宇恵を選んだ理由を説明した。

「僕は、次の監督は、情熱のある人にやってほしいと思っていたんです」

その言葉は強く胸に響いたが、その場では「考えさせてください」と言って部屋を出た。

まさか引退して一年で監督を要請されるとは思っていなかったし、なる準備もしていなかった。

四番バッターだった宇恵は、チームのことなど考えなくても、自分がタイトル争いをするくらい活躍し、回ってきたチャンスで打てばチーム成績もおのずと良くなると思ってプレーしていた。だが監督は違う。プレーするのは選手だが、選手が結果を出せるように動かすのが監督の仕事だ。監督が間違ったサインを出し、選手起用を誤れば、チームは低迷して、自分ばかりか選手の野球人生まで奪ってしまう。

新潟という知らない土地も、大阪育ちの宇恵を不安にさせた。新潟と言われて即座に思い浮かんだのは、コシヒカリが名産の米どころで、日本酒が旨《うま》く、後は朱鷺《とき》がいることくらい……。

ただし新潟県中越《ちゅうえつ》地震のことは鮮明に記憶に残っている。

阪神・淡路大震災で実家が損壊した宇恵は、「震度七」と聞いて、あの恐ろしい揺れが甦った。新潟の地震の発生は十月だったが、これから厳しい冬を迎えるのに家を失い、道路が通行止めのままでは住人は生きていけない。選手会長だった宇恵は、すぐにチームから義援金を集めた。

小此木と会ったその晩、前年、ジャガーズの編成部長に昇格した谷原《たにはら》に電話をかけた。谷原はドラフトの同期で、彼が一位で、宇恵が二位だった。肩を壊して早く引退したが、新人で一軍キャンプに呼ばれたのは二人だけだったこともあり、荷物運びや道具の片付けを一緒にやった。「一軍に残って活躍しような」と声を掛け合い、二人で休日練習もした。

親友と呼べる存在だけに、良かったやないかと祝福されると思っていたが、谷原は最後まで話を聞くことなく、〈やめとけ〉と反対してきた。

〈今のアイビスなんて誰が監督やっても最下位や。火中《かちゅう》の栗《くり》を拾わされて、おまえのこれからの指導者人生に泥を塗ることはない〉

宇恵がなったところでこれまでの監督と何も変わらんと決めつけられたように聞こえた。

〈それに宇恵は金に困ってるわけではないだろ。相変わらず大阪では人気があるし、テレビにもたまに出ているやないか〉

「まぁ、仕事はポツポツ入っとるけどな」

一九九九安打と名球会入りまであと一本に迫りながら引退したことがファンから潔《いさぎよ》いと評価され、野球中継のゲスト解説にもよく呼ばれた。好きなゴルフをやり、たまに瑛子と居酒屋に出かける。ユニフォームを着るのはもっと先でいいと思っていた。

もっともそれが充実していたかと言えば、なにか物足りなかったのは事実だ。引退したら暇になるやろからと、やりたいことは用意していた。メジャーリーグ観戦、ラスベガスで思う存分カジノを楽しむ、自宅菜園を始めて自分で作った野菜をツマミに縁側で一杯やる、富士山に登っててっぺんで万歳する……だが時間があり過ぎてどれから手をつけていいか分からないまま一年が過ぎた。人間の実行力なんてものはそんなものかもしれない。口ではなんぼでも言えても、いざその立場になったらなかなかやる気にならないのだ。

「引退したら野球界からスパッと身ぃ引いて、別の仕事するわ」そう粋《いき》がっていた先輩ほど、安いギャラのイベントでも、嬉しそうな顔で球場に来ていた。

「だけど谷原、監督なんてものは待ってたってやれるもんやないやろ。わしより結果を出したのに、一度もやってない大先輩だって山ほどおるし」

〈そりゃ毎年、十二人しかやれん仕事やしな〉

「おまえはわしのこと、どう見てるんや」

〈向いてるかどうかってことか？　もちろん、向いてると思ってるよ〉期待通りの回答だったが、〈もちろん〉までに、間を感じた。

「それなら、わしをいつかジャガーズの監督にしてくれるか」

〈それは約束できんよ。その時まで俺が球団にいる保証はないし〉

「ほら、そんなもんやろ」

谷原にしても、指導者としての資質があると確信を持ってくれているわけではない。今は様子見しているのだ。

次に相談したのは嫁の瑛子だ。瑛子こそ断固反対するだろうと思ったが、「あら、いい話じゃない」と予想外の言葉が返ってきた。

「アイビスやぞ。球界に参入して二年連続、前の球団も入れたら三年連続最下位のチームや。そう簡単に立て直されへん」今度は宇恵が腰を引いた。

「自分が立て直すなんて思い上がっちゃダメよ、あなたは勉強しに行くのよ。まだコーチだってしたことないんだから」

「結果が出んかったら、二度と監督の話が来んかもしれんぞ」

「そんなのやってみなきゃ分からないじゃない。うちのお父さんもずっとテレビ事業のメインコースを歩んでいたのに、管理職になった途端に、ハノイの工場長に飛ばされたのよね。最初は落ち込んでたけど、ベトナム人の従業員とコミュニケーションが取れるようになった経験が後に活きたって言ってたわ」

「監督とサラリーマンの転勤を一緒にすんな」

文句を言ったが、義父は日本を代表する電機メーカーの取締役になったのだから、監督よりはるかに上まで出世したことになる。

結局、瑛子の「いい経験になる」という言葉に背中を押され、宇恵は受諾した。今断って、後々になってあの時受けていればと後悔するよりマシだし、小此木オーナーからは「情熱のある人にやってほしい」と頭まで下げられたのだ。男だったら引き受け、期待に応えるべきだ。

喜んでくれた瑛子だが、「一年目は単身赴任でお願いね」と言われた。

「なんや、おまえはついて来《こ》おへんのか」

「前から言ってるじゃない。来年、七月に市民ホールで発表会があるのよ」

瑛子は二年前からフラメンコ教室に通っている。踊りもやるし、ギターも弾く。踊る時は沈黙から突然声を張り上げるから仰天する。寝ている時にギターの練習をされた時は、御堂筋《みどうすじ》で闘牛に追いかけられた夢を見た。

「夫がアイビスの監督になるというのに、嫁はフラメンコかいな」

宇恵は洟《はな》を啜《すす》って、こぼした。

「あなた、もしかしてアイビスが朱鷺だからって、『どちらも一本足で立ちます』とか言うんじゃないでしょうね。だったらそれはフラメンコではなくてフラミンゴだからね」

瑛子は一本足打法の真似をした。

「知っとるわ、ボケただけや」

そんなやりとりをしたのが懐かしい。一月三十一日に箕面《みのお》の家を出て、三日しか経っていないのに、早くも孤独感に駆られている。

宇恵はこれまでの人生で、監督の顔色を窺《うかが》って野球をやったことは一度もなかった。どんなスランプに陥《おちい》っても、外すなら外してみぃと、喧嘩《けんか》するくらいの気持ちで臨み、そして結果を出してきたつもりだ。

プレーは全力でやったが、けっして優等生ではなく、チームを盛り上げるリーダーでもなかった。自分は好き勝手やり、監督が細かいことを言い過ぎるから選手はやる気を失くすんじゃと、無能な監督の言うことは聞かなかった。

そうやって反抗的に過ごしてきたことが、新人監督になった今、ブーメランとなって返ってきているのかもしれない。

ジャガーズの選手から宇恵のちゃらんぽらんさを聞いた市木などは、「宇恵は監督になって急にえらそぶった」と嘲笑しているのだろう。

3

キャンプの一日は早い。六時に起床し、ホテルの裏手にあるビーチを散歩する。

年寄りじゃあるまいし散歩は好きでもないが、ジャガーズ時代の監督が代々、朝の散歩からキャンプをスタートさせたこともあって宇恵も初日からそうしている。そもそも監督は部屋にいたところで、することがないのだ。

ジャガーズでは、担当記者が監督の散歩に付いて取材していたが、アイビスの担当記者は熟睡中なのか一人も来ていない。

早朝から監督が動いたジャガーズでは、選手も散歩やランニングをしていたが、ここのチームの選手が出てくることはないだろう。そう思っていたところに大勢が階段を降りてくる足音がした。誰かと思ったら朝食を準備する仲居《なかい》の集団だった。

ビーチに向かって散歩を始めた。遠くから聞こえる波音に混じり、猫の鳴き声がした。野良でもいるのかと探したが、海鳥だった。海鳥たちだけが朝から元気に羽ばたいている。

砂浜にはサーフィンに来ていた若者とカップルがいた。カップルから「監督、握手してくださいと頼まれ、笑顔で応じた。海岸の端《はし》まで歩きしばらく海を眺めていたのだが、暇になってきて体操を始めた。朝から夕方まで、ただ練習を見ているだけなので体は鈍《なま》っている。前屈運動をして、少し背中を反らすと腰が悲鳴を上げた。

これでは一年間体力が持たんと、砂浜に手をつき腕立て伏せをする。筋力系のトレーニングは昔から得意中の得意だ。現役の頃は楽勝で百回できたが、十回やったら腕が震え出し、十五回で砂の上に突っ伏した。空からなにかが落ちてきて後頭部に当たった。海鳥の糞だった。近くに落ちていた弁当の食べ残しに、海鳥が次々と集まってくる。羽の音が耳の間近で聞こえた。

「こら、あっち行かんか」

思わず声を出して手で追い払う。

「なにやってんだよ、あのおっさん」

背後から笑い声がした。小学生くらいの子供の集団だった。宇恵は立ち上がると、服についた砂を払ってから両手の指を立て、「うぉりゃー」と声を上げながら小学生を追いかけた。小学生はきゃっきゃ言いながら逃げていく。

しばらく追いかけると息が切れてきて、ちょうどいい運動になったので、ホテルへ帰ることにした。

正面から入るとサインをせがまれたりして面倒だと裏口に回る。裏口にはワンボックスカーが尻付けして停まっていた。運転席にいるのは日焼けした兄ちゃんだ。彼は宇恵を見ると慌てて車を発進させた。

裏口の自動ドアを踏んだ。そこには支配人が背を向けて立っていた。

「やあ、支配人、おはよう」声を掛けると支配人の背中が跳ね、「お、おはようございます」と声を詰まらせて挨拶してきた。

「ところで今、どの選手が帰ってきたんだ？」

ストレートに聞いた。高級ワンボックスに黒服風の運転手、そして支配人が裏口まで迎えにくる……自分も経験があるからよく分かる。

「誰か帰ってきたかなぁ〜、ちょっとすみません、私、仕事がありますので」

顔を汗だくにした支配人は、足早にその場を去っていった。

廊下を進むと、アイビスのユニフォームを着た三人組の女性ファンが立っていた。業務用エレベーターだ。なるほど、これを利用して戻ったのか。

普通のファンは正面で出待ちしているが、本物の追っかけとなるとホテル内の脱出経路をすべて把握し、裏の出口で待っている。もちろん告げ口などはしない。宇恵も朝帰りした時、「そっちはコーチがいるから危険です」とまるで救命隊員のようにナビゲートしてもらった経験がある。

彼女たちは今戻ってきた選手に握手でもしてもらったのだろう。「三人が一緒に帰ってくるなんて私たち運がいいね」とはしゃいでいた。朝帰り組は三人いるようだ。

彼女たちが宇恵に気づいた。「監督、写真いいですか」と声を掛けられたので「どうぞ」と女性たちの間に入る。

「ありがとうございます」

撮影が終わってから「きみら、どこから来たの」と尋ねた。

「新潟の糸魚《いとい》川《がわ》からです。休みを取ってきたんです」

「市木は写真を撮ってくれなかったのか？」

名前を出した途端、彼女たちは顔色を変え、「い、いえ」と首を振った。きっと市木から口止めされたのだ。

さて、市木以外は誰だろうかと考えた。キャンプ中に朝帰りできるのはレギュラーが約束されている選手だ。となるとエースの市木と先発二番手の東野《ひがしの》、中継ぎ左腕の榎本《えのもと》、サードの西川《にしかわ》、あとは捕手の北野《きたの》……ここには数えるくらいしかいない。

だが彼女たちの着ているユニフォームの背番号は自分が思っているのとは違った。

一人が着ていたのは市木の「18」だが、他の二人が着ていたのは「19」と「16」だ。

「19」はローテーションの最後の一枠を争っている二年目の久保《くぼ》、「16」はドラフト一巡目で入った新人の石井だった。

4

朝食を食べ終えると、コーチミーティングだ。

ここで当日の練習メニューを決める。ここでも主導権を握るのは投手コーチの嶋尾だ。さまざまな球団を渡り歩いてきた優勝請負人《うけおいにん》と言われるだけあって、嶋尾の用意するメニューは合理的で、選手に適度に負荷をかける。とくに休日前日は、最後に十キロ走や四百メートル走を十本など、「翌日は部屋でおとなしくしとこうと思うくらい、筋肉痛になるメニューをやらせますから」とキャンプ前から話していた。

きょうがその休日前日だ。嶋尾が用意していたメニューはアメリカンノックという、外野の端から端まで走らせてボールを取らせる、古典メニューだった。

「嶋尾コーチ、今時、アメリカンノックはないでしょ。それも外野を十本も走らせるなんて、選手は肉離れを起こしますよ」

立場は嶋尾より上の丸子チーフ兼打撃コーチが異議を唱えた。丸子の言う通り、うさぎ跳び、手押し車の次にくるくらい昔の練習法である。アメリカンノックをするとしても、二遊間を走らせる程度で、外野の端から端まで走らせるなんて、もう十年以上見てない。故障者が出たらたまったものではないと、宇恵も丸子を擁護する。

「わしもきつ過ぎると思います。それやったら隣の陸上競技場のトラックを借りて、ダッシュをやらせた方が効率的でしょ」

嶋尾は表情も変えずに首を左右に振った。

「ダッシュは力を抜いて走れますが、ノックはボールが捕れそうだと思えば、自然とスピードをあげますから断然こっちがいいです」

「それで故障したら意味ないでしょ」

「こんなんでケガしてるようではシーズン持ちませんよ。だいたいうちの選手は体力がなさ過ぎです。ランニングもダラダラ走る一方でまったく足腰が鍛えられませんし」

「野手は次のクールから打撃練習に力を入れようと思ってるんです。ここでへばられたら、打ち込みにも影響します」

丸子は引かなかった。野手のメニューまで嶋尾が決めてしまうため、日頃の鬱憤《うっぷん》が溜まっているのだ。

「それだったらピッチャーだけにしましょうか。そうしますと監督の方針に反しますが」

嶋尾はわざとらしく黒目を動かして宇恵を見た。

最後のフィットネス系の練習はみんなでやろうと言ったのは宇恵だった。苦しい練習こそ全員でやると、最後に頑張った選手に拍手が沸《わ》いたりして、チームに一体感が出る。そのことをキャンプ初日に宣言したのに、一クール目で撤回することになる。

「それに監督は僕に言ってくれましたよね。ピッチャーのことはすべてお任せしますと」

嶋尾が小鼻を動かし言い重ねてきた。

監督就任を受諾した時、小此木に「自分はピッチャーのことは解らないので、投手コーチだけは一流の方をお願いします」と頼んだ。ケチなオーナーとあって、たいした期待はしていなかった。それだけに「嶋尾さんに決まりました」と連絡を受けた時は耳を疑った。嶋尾に電話をかけようとしたが番号が分からず、初めて喋《しゃべ》ったのは十二月のスタッフミーティングだ。その時に、「わしは口出ししませんので、ピッチャーのことはすべてお任せします」と格好つけたことを言ってしまった。

「監督、どうされますか。全員でやりますか。それとも決めたことを撤回して投手と野手と別々にしますか」

嶋尾は畳みかけるように迫ってきた。本当に性根《しょうね》が悪い。

さてどうするべきか。ここで従ったら、唯一の部下である丸子がいじけてしまう。悔しさを我慢して「分かりました、では投手と野手、別々にやりましょう」と前言を翻《ひるがえ》すことにした。

これ以上嶋尾の得意満面は見たくないので、「で、マルは野手には何をやらせる?」と顔を向けた。

しばらく考えていた丸子は、「四百メートル走を十本にします」と宇恵が選手なら絶対に不満を言ってそうなきついメニューを出してきた。

その日の練習で、宇恵は選手の表情ばかり追っていた。朝帰りしていた連中はすぐに分かった。久保と石井、彼らはストレッチから何度もあくびをしていた。市木は次のランニングも最後尾をダルそうに走っていた。

三人と思っていたが、ほかに二人いた。一人は二年連続六十試合を投げている中継ぎ左腕の榎本、もう一人は四年目の二十五歳で、去年八勝十敗、宇恵がローテーションの二番手として期待している東野だった。

アイビスなら二人とも一軍は安泰だが、プロで誇れるほどの実績を残したわけでもなく、オールスターや侍ジャパンに選ばれたこともない。今が頑張りどころの中堅クラスに、二年目と新人の若手まで加えて連れ回すとは、市木はこのチームを潰《つぶ》す気か。

彼らはなんとか練習メニューをこなしていたが、最後のアメリカンノックでは一本目から足が動かなかった。

「チンタラ走っとったら、もう一本追加すんぞ」

ボールに追いつけずに後ろに逸《そ》らした久保に嶋尾が怒鳴る。普通のアメリカンノックは、コーチは選手が全力で走れば追いつく場所に優しいボールを打ってあげるのだが、嶋尾はダッシュしても捕れるかどうか微妙なところに結構強めのボールを打つ。

東野は全力を出していたが、ボールはグラブの先を抜けた。榎本も必死に走ったが、足がもつれて捕れなかった。嶋尾は「はい、ダメ〜。もう一本」と容赦《ようしゃ》なく追加を命じる。

一本目が全員終わると榎本と東野の二人が「すみません、リタイアです」とグラウンドから出ていった。嶋尾は「戻ってこいよ、日が暮れるまで待っとるからな」と意地の悪い顔で叫んでいた。

二本目が終わると久保と石井の顔色が悪くなり、二人とも口を押さえて出ていった。トイレに吐きに行ったのだろう。

嶋尾が朝帰りした選手に制裁を加えてくれたようで、見ていてせいせいした。だが朝帰りの中心人物だった市木は、グラウンドにはいない。

市木はこの日、キャンプ三日目にしてようやくブルペン入りした。だが二十球投げたところで左肘《ひじ》に違和感があると言い出し、病院に行った。

エースの離脱にギョッとしたが、すぐにトレーナーから「異状はありませんでした」と連絡があった。

たぶん市木は、メニューの最後にアメリカンノックと書いてあるのを見て、どうすれば逃れられるか考えたのだろう。

宇恵も、苦手な長距離走の日、「バッティング中に太ももの裏がピリッときた」とサボタージュした経験がある。

5

休日前夜はミーティングも夜間練習も行われない。練習が終わると、選手はチームの食事にも手を付けずに仲間と夜の街に出ていく。選手の頃は宇恵も「これが町興しになるんや」と率先して出ていった。

ジャガーズの監督は側近のコーチやマネージャーを連れて飲み歩いていた。昨日までは自分もそうするつもりだったのが、なんだか疲れてしまい、「監督、メシ行きませんか」という丸子の誘いを断って、ホテルに残った。

食事を終えて自分の部屋に戻った。部屋にはミーティングで使えそうだとまとめ買いした本を並べている。

『孫子《そんし》の兵法』『上杉鷹山《うえすぎようざん》』『山本五十六《やまもといそろく》のことば』『川上哲治《かわかみてつはる》・遺言』『のむらのーと』

一応、毎晩少しずつだが目を通し、ためになることにはアンダーラインを引いているが、選手の前でまだ言ったことはない。いい話を聞いたと選手に感心されるより、「監督はあの本に書いてあることをそのまま言ってる」と見抜かれることの方が怖い。

ソファーにふんぞり返って『のむらのーと』を読んでいたのだが、しばらくすると目がちかちかしてきたのでやめた。テレビをつける。十二球団のキャンプレポートをやっていた。福岡《ふくおか》シーホークスも札幌《さっぽろ》ベアーズも千葉《ちば》マリナーズも、アイビスよりメニューが進んでいた。投手はブルペンで本格的なピッチングをし、打者は気持ち良さそうに柵越えを連発していた。

〈ここで残念なニュースです〉アナウンサーが神妙な顔で言った。〈去年のパ・リーグの本塁打王である神戸《こうべ》ブルズの岡崎《おかざき》選手が、腰に違和感を訴えて別メニューになりました〉

画面が変わり、記者が岡崎を囲んでインタビューしていた。離脱したというのに岡崎は全然暗い顔ではなかった。

〈大丈夫です。三月三十一日の開幕戦には間に合わせますから〉

ん？　開幕戦いうたら、相手はうちやないか。なにが間に合わせますからや。こっちは市木やぞ。

だが肝心の市木の方が開幕戦で投げる気があるのかどうか分からない。市木は初日から別メニューなのだ。考えれば考えるほど気が重くなってきて、宇恵はリモコンを探してテレビを消した。

ビールでも飲んで、早めに寝るかと食堂に戻る。閑散《かんさん》とした食堂の隅で嶋尾コーチが気難しそうな顔で資料を読んでいた。

「休日前の夜も研究ですか、熱心ですね」

慰労するつもりで、ビール瓶《びん》とコップを二つ持ち、隣に腰をかけた。ビールを注ごうとしたが、「僕は仕事中は飲みませんので」と素早く手でコップに蓋をされた。

「あ、そうですか」仕方なく自分のだけに注ぐ。

今、嶋尾が見ているのは各球団の打者別のスコアチャートだった。ストライクゾーンが縦に九マス、横に九マスと合計八十一分割されたものに投手の配球が一球ごとに数字を打ってマークされ、○はストレート、△はカーブ、▽はフォークなど、どこにどの球種を投げれば打ち取れるか、または打たれたかなど、打者の長所と欠点が一目で分かるようになっている。嶋尾はそのチャートを目を凝《こ》らして見ていた。

「それ、全部記憶するんですか。すごいですね」

気を遣《つか》って、大袈裟《おおげさ》に感心する振りをしたが「記憶しないことには意味ないでしょ。試合中に資料ばかり見ているわけにはいきませんし」とぶっきらぼうに言われた。

「それに僕だけ覚えてもしゃあないですし」

愛想《あいそ》のない関西弁だ。嶋尾は大阪出身だが、東京のチームで現役を過ごしたこともあって、メディアの前では標準語を使う。それがまた賢《かしこ》そうに見える。そういうところも計算高く感じて、宇恵がこの男を好かない理由である。

「キャンプ中にはバッテリーに覚えさせます。打者にもオープン戦の途中までには覚えてもらわんといけません」

「えっ、野手にもさせるんですか？」

連日の嶋尾の難解なミーティングに、全員うんざりしているのだ。とくに野手はあくびをしたり、うたた寝しかけては姿勢を正したりと、睡魔と闘っている。

「野手だって自分がどういうふうに攻められているのか知っといたほうが、打てるに決まってるやないですか」

それが強いチームの常識のように言う。ジャガーズでも野手用のチャートは出ていたが、宇恵ら野手が見るのは、試合直前だった。

「前にコーチしていたチームでも、その前のチームでも、僕は開幕までに全選手に覚えさせました。他のチームはそうさせせんから、シーズンに入って慌てるんですよ」

行く先々でリーグ優勝、日本一へと導いた嶋尾だけに、言葉に説得力はある。この話では分が悪いと宇恵は話題を変えた。

「ところで嶋尾コーチは、きょう市木が病院に行ったのにどうしてわしに知らせてくれなかったんですか」

報告はトレーナーから受けた。本来は投手コーチの嶋尾がすべき仕事だ。

「最初から三味線《しゃみせん》やと思ってましたからね」

「仮病と分かってたんですか」

「朝のメニューを出した後に、急にブルペンに入ると言い出した時に察しましたよ。あぁ、コイツは、僕に朝帰りを知られてきついメニューを組まされたと気づいたんやなって」

「嶋尾コーチは朝帰りを知ってたんですか」

「そんなの朝飯の時の顔を見て、一発で分かりました」

「他に一緒だった選手は？」

「東野、榎本、久保、石井の四名です」すらすら答え、「監督の調査はどうですか」と逆に質問される。

「同じです。でもわしはファンが業務用エレベーターの前にいたから分かりましたけど、よく顔見ただけで気づきましたね」

「長く指導者をしてるとすぐに分かるようになりますよ」したり顔をされた。

「それやったら、直接、市木に注意したらええやないですか」

「無理です。市木は、コーチの言うことを聞く選手ではありません。だいたい門限のないうちのチームでは、朝帰りは規則違反ではないですし」

「それでも若い選手を連れ回すのはご法度《はっと》でしょ」

宇恵も若い頃は選手と飲み屋をはしごした。だが毎日投げる中継ぎや、夜遊びがバレて二軍落ちさせられそうな若手は、「おまえらはもう帰れ」とタクシー代を渡した。

「だから僕が門限設けましょうと言うたやないですか。それなのに監督が『大人のチームに門限は不要です』と反対しはるから」

その話をした時は、自分は選手から恐れられていると思い上がっていて、まさかキャンプ早々朝帰りされるなど想像もしていなかった。

「市木は飲み屋で若い連中にこう言うてますよ。嶋尾なんて一年でクビになる。それやったら俺についてきた方が正解やぞって」

叱らずに我慢しているということは、嶋尾は市木に気を遣っているのか。アイビスの投手陣でふた桁の勝ち星が計算できるのは市木だけだ。去年は十五勝七敗。三年前には二十勝挙げて、最多勝と防御率の二冠を獲得した。あと十八勝で通算二百勝。今シーズン中の達成だってありうる。

そのことを言うと、嶋尾は「残念ながら無理でしょうな。市木は今年はやらずです」と手を振った。

「肘が痛い、肩が痛いと言って、五勝がいいところです」

「五勝って、コーチはそれでいいんですか？」

市木なしではローテーションは組めず、最下位は決まったようなものだ。だが嶋尾には気にしている様子がない。

「あいつは投手の肩は消耗品だと考えてて、たくさん投げた翌年は休ませんと、早く現役生活が終わってしまうと思ってるんです。長く現役を続けるには、この一年置きの方法がいいと、ここ数年はパターン化してます」

そういえば市木は、一昨年は肘痛《ひじつう》で五勝に終わっている。

「嶋尾コーチは市木のやり方を容認されてるんですか」

同じ理論派タイプだけに心配になって尋ねたが、嶋尾からは「高い年俸を貰ってる選手は、毎年、チームのためにベストを尽くすのが使命です」と強い口調で言われた。

「それやったらやっぱり注意すべきでしょう」

「そう思うなら監督が言ってくださいな」

「投手のことは自分に任せてくれと、嶋尾コーチが言うたやないですか」

面倒なことはしたくないと押し返すが「僕の仕事は与えられた戦力で結果を出すことですから」と胸を張って言われた。

「市木がいなくてもご心配なく。他の投手をきちんと育てますから」

三年連続最下位なのに、なぜこの人はそこまで自信満々になれるのか。根拠があるなら教えてほしい。

しばらく返答ができずにいると、嶋尾は机に広げていたデータを整頓し始めた。

「今日サボった報いは必ず受けさせますから。まぁ見といてください」

嶋尾は資料を持って食堂を出ていった。

6

休日明け初日の練習、嶋尾は前回アメリカンノックを最後までこなさなかった選手に、抜き打ちで居残り特訓を命じた。

もっとも再びアメリカンノックで外野を走らされたのは東野、榎本、久保、石井の四人。ピッチング以外の午前中のメニューはすべて参加した市木だが、午後からは「背中に張りがある」と宿舎に戻ってしまった。

宇恵は今、打撃練習を終えた丸子と一緒にバットを止まり木にして、四人が外野の端から端までボールを追いかけている姿を眺めている。

「市木のやつ、嶋尾コーチなら連チャンでしてくるだろうと先読みして、それで昼休みに早退したんですよ」

丸子が口を窄《すぼ》めた。

「ほんまに市木はこすい男やな」

「このまま嶋尾コーチが黙ってるとは考えられないですからね。今度は市木の練習中に突然、やると言い出すかもしれませんよ」

「なんか狐《きつね》と狸《たぬき》の化かし合いみたいになってきたな」

ずる賢さではどっちが上なのか。興味はあるが、エースと投手コーチがこんな小さなことで張り合っているチームは絶対に強くはならないだろう。

「嶋尾コーチと市木は長い付き合いですから、お互い、手の内を知ってるんですよ」

丸子が言うには、市木が最初に入団した東京《とうきょう》セネターズで、現役を引退してコーチに就任したのが嶋尾だった。嶋尾は名コーチぶりを発揮し、市木はエースになった。セネターズの強い時代が続いたが、途中から二人は口を利かなくなり、市木はＦＡで東都ジェッツに移籍した。すると今度はジェッツに嶋尾が招かれた。市木は初の沢村賞を受賞し、嶋尾は投手王国を築いてジェッツを日本一へと導いた。

その数年後、市木は大型トレードでアイビスの前身のチームに移籍した。そこに嶋尾が投手コーチとしてやってくるとは、市木は思いもしなかったのだろう。

「ちゅうことは、嶋尾コーチは犬猿の仲である市木がいるのに、アイビスのコーチを引き受けたってことか？」

不思議に思って丸子に尋ねた。

「なんだかんだ言うても市木が頼りになるのは知ってるはずですからね。でも市木にしてみたら面白ないと思いますよ」

市木が宇恵に反抗的な態度をとる理由が分かってきた。あんな人をコーチにして、エースの僕がやる気を失くしてもいいんですかと、宇恵に迫っているのだ。

「嶋尾コーチは市木なしでどうするつもりなんかな。市木がおらんでも他の投手を育てますと、わしには豪語しとったで」

「そんなの強がりに決まってますやん」丸子は決めつけた。「ジェッツや昔のセネターズならいくらでも代わりはいましたけど、うちにはいません。今年市木がどんだけ手を抜くか分かりませんけど、そんでもうちでは勝ち頭になるんやないですか」

「勝ち頭って、嶋尾コーチは今年の市木は五勝がいいところやと言うてたぞ」

「そやかて他に誰がいます？　東野は去年の八勝がまぐれかもしれませんし、新人の石井は未知数で、外国人はまだ来てもないんですよ」

「そやな、おらんわな」

「でしょう？」

そこで二人のため息がハモった。今年の沖縄は雨も少なく、肌が痛くなるほど太陽が燦々《さんさん》と輝いている。なのに宇恵の目の前はどしゃぶりで真っ暗だ。

7

〈本気か、市木をトレードに出すなんて〉

電話に出たジャガーズの編成部長・谷原は声をひっくり返した。

方がいい」

「まだ悩んでるところだ。だけどあいつをうちのチームに置いといてもプラスにならん気がしてきた。それやったら実績はなにもなくても、一生懸命練習する若手を五人もらった方がいい」

五人も要求するのは無理かと思ったが〈別に埋もれてる選手を五人渡すくらい、なんてことないけどな〉と谷原は言う。〈だけど市木はエースやぞ。ファンもたくさんいるし、おまえんとこのオーナーがうんと言うのか〉

「別にええよ。どうせケツならこれまでの監督同様、一年でクビやろし」

二年契約しているが、年俸は十二球団の監督ではもっとも低い五千万円だ。二年分払ってくれたとしても、他の監督の一年分より安い。

〈確かに嶋尾さんの言う通り、今年は市木の働かん年だわな〉

谷原も一年置きに活躍していることを把握していた。〈この時期にブルペンに一回しか入ってないようだと、肌寒い四月から五月上旬は二軍で調整する気なんやろ〉

アイビスの本拠地は新潟だ。リーグが違ったため交流戦以外で戦ったことはないが、春先はユニフォームの上からネックウォーマーを巻いて試合をしていた。

「五月から出てきて最後まで頑張ってくれるならまだええよ。だけど嶋尾コーチは五勝と計算していた」

〈それが妥当な線かもしれんな。五勝五敗だ〉

「五敗やて」

〈そりゃそうよ。もしや五勝〇敗を期待してたんか？　そりゃいくらなんでも算段が甘すぎるわ〉

エースの勝敗差が、チームの貯金になるのだ。エースが二十勝五敗で、「15」貯金をしてくれたら、他の投手は勝率五割でいい。だが今のアイビスで市木が五割なら、あとは全員マイナスで、借金は膨れ上がる一方だ。

〈その話、球団代表には通したのか〉

「まだやけど」

〈だったら先に代表に相談してこい。おまえんところの代表はエール大出の統計学のスペシャリストだ。こんな大事なこと、監督が一人で決めたら、気い悪くして、その後、関係がギクシャクするぞ〉

谷原は加賀谷のこともよく知っていた。代表といってもまだ三十歳の若造だが、オーナーから絶大な信頼を得ている頭脳派である。

「そやな。聞いてくるわ」

電話を切って代表の部屋に向かった。

「監督、こんばんは。どうされましたか」

セイバーメトリクスと呼ばれる、成績をすべて数値化する方法を採る加賀谷は、いつも通りパソコンを弄《いじ》っていた。

最近はゲーム感覚で選手を動かすのが好きな人間を採用しているチームが増えてきた。加賀谷はまさにそのタイプで、中学や高校どころか、少年野球もしたことがない単なる野球オタクだ。

オタクでガリ勉のくせに、一八五センチと宇恵より上背《うわぜい》があり、その上ルックスがいいのも癪《しやく》に障《さわ》る。小此木オーナーもイケメンだが、加賀谷は爽やかな好青年だ。メガネを多数コレクションしていて、毎日掛け替える。今はジョン・レノン風の丸メガネをかけていた。

宇恵が話している最中もパソコンを打つのをやめないのは、今時の若者らしい。だが市木のトレードを考えていると口にすると、キーボードから手を離し、「市木さんがいなくなったうちのQSは今の四七パーセントは減り、DIPSは二〇パーセント下がります」と予想した通りの横文字を並べて猛反対してきた。

QSとは「クオリティスタート」の略で先発投手が六イニング以上投げ自責点三点以内に抑《おさ》えること。DIPSは投手のみに責任がある奪三振、与四球、被本塁打から投手を評価する指標だそうだ。市木のクオリティスタート率「89・33」は去年のリーグ二位で、DIPSは「2・65」で十二球団一位。もっともそれは去年の成績であり、市木が本気を出した年の成績だという注釈がつく。

それでも宇恵は、市木がチームにいることのマイナス面を説明したが、加賀谷はさらに難しいアルファベットを並べて聞いてくれなかった。

仕方なく部屋に戻り、再び谷原に電話した。

〈そりゃ、代表は反対するって。セイバーメトリクスで評価するなら、市木ほど安定した数字を出すピッチャーはおらんからな〉

「谷原までなんやねん。野球は数字でやるもんやないで」

おまえは加賀谷とは違って、元プロ野球選手で、ジャガーズのドライチなんや、選手の気持ちが分からんでどうすると、注意する。

〈それとこれとは別や。数字を舐《な》めたらあかんぞ。数字は我々には見えてない部分まで示してくれるんや。いずれデータが読めない人間は指導者にはなれない時代がくる〉

「そういや、谷原は昔からデータ取るのが好きやったな。おまえのデータは嘘ばっかりやったけど」

まだ若い頃、北新地《きたしんち》のクラブに行った時だった。酔った谷原が「髪を弄る女はエロい」と言い出し、その店のホステスの髪を触る回数を数え始めた。一番の売れっ子が十秒に一回の割合で髪を触っていた。「宇恵、この店のナンバーワン行けるで」とけしかけられた。「セ・リーグのホームラン王が夜のホームラン王でなくてどないするんや」他の選手からも囃《はや》し立てられた。

〈ハハ、言うた、言うた。それで宇恵は、アフターで高級寿司を奢《おご》らされて、タクシー代も取られて見事に逃げられたんだよな〉谷原は笑っていた。

「市木のＱＳやＤＩＰＳは優秀かもしれんけど、あいつのＴＡＡは最悪や」

〈なんだよ、ＴＡＡって〉

谷原が笑うのを止めて聞き返してきた。

「チーム《Ｔ》に与え《Ａ》る悪影《Ａ》響や」

しばらく沈黙があったが、電話口から谷原の爆笑する声が聞こえた。

〈宇恵、おまえ、いつからそんな巧《うま》い冗談を言えるようになったんだ。監督になると変わるもんやなぁ〉

「笑い過ぎや。こっちは真面目《まじめ》に相談しとんのに」

〈おまえが笑かすからやろ〉

つい調子に乗ってしまったが、今はふざけてる場合ではない。

「このままやったら絶対にチームは崩壊する。市木の影響を受けてる選手は多いからな」

〈苛立つ気持ちは分かるけど、早まったことはするな。宇恵は二年契約してんだから〉

「すぐにクビにするオーナーに、契約年数は関係ないわ」

〈それでも来年も残った時のことも考えろ。市木は今年五勝でも、来年は十五勝するぞ。しかもただの十五勝じゃない。十五勝五敗でチームに十の貯金をもたらしてくれる。今年

五勝五敗でも、二年トータルしたら二十勝十敗、いや二十五勝十敗かもしれん〉

数字を出されたことで、宇恵の頭の中での市木の存在がいっそう大きくなった。

〈貯金が計算できる投手は、どこのチームにも一人か二人だ。朝帰りしたとか、居残り練習をサボるとか、宇恵もそのつど腹が立つやろけど、けっしてヤケは起こすな。きょうの話は聞かなかったことにするから〉

監督が熱くなって、そのたびに選手を放出していたら、チームは瓦解する。宇恵にしたって優等生ではなく、監督やコーチを怒らせたことは山ほどある。それでも我慢して四番で使ってくれたから結果を残せた。

だが、いくら自分を窘《たしな》めたところで、体の中でくすぶる火種を消すことはできなかった。今年五勝五敗でも、来年十五勝五敗ならエースとしては御《おん》の字《じ》だ。だがエースと呼べるほど市木を信頼しているのか。勝ち投手になった市木に「ようやってくれた」と握手する自分の姿を想像したが、逆に不愉快になってきた。

谷原との電話を切った宇恵は、もう一人の頼りにしている相談相手に電話をした。

〈あら、四日連続電話なんて珍しい。いったいどうしちゃったのよ〉

瑛子はすぐに出た。声の後ろから異国情緒漂《ただよ》うギターの響きが聞こえてくる。フラメンコの練習中だったようだ。

「暇をこいてたから、かけただけや」

そう言ったものの、四日とも宇恵からかけているから、それ以上強気には出られない。

〈どうしたの？　なにかあったからかけてきたんでしょ？〉

瑛子から促されたが、チーム機密を嫁に話していいものかと悩んだ。だが他に相談する者はいないと、エースがミーティングに遅刻したことから、若手を連れて朝帰りしたことまで、起きたことを説明した。

〈なるほどね、あなたは選手に気を遣って早くミーティングに行った。なのに選手はあなたの思いやりに気づかないで、いつも通りの時間に来た。そのことが許せないのね〉

「違うがな。それやとわしがえらい器《うつわ》の小さい人間みたいやないか」

〈だけどその一件がなければ、市木さんの朝帰りに、今ほどめくじらは立ててなかったんでしょ？〉

「まぁ、そやけど……」

あの厳しい嶋尾コーチがいるのに、キャンプ中に朝帰りするとはさすがエースやと、頼もしく思っていたかもしれない。

〈市木さんって、二回連続遅刻したわけではないんでしょ？〉

「二回目は時間ぴったしに来た」

〈じゃあ、いいじゃん〉

「せやけど、わしとおまえかて、そやったやないか。わしが早く行くことを見越しておまえが早く来た。それでわしらの信頼関係が築けた」

恥ずかしく感じながら、昔話を持ち出した。

〈ああ、あれね。あの日はたまたま前の用事が早く終わったから行っただけよ〉

「今さら、たまたまとか言うな」

思いやりに惹《ひ》かれて結婚したのだ。今頃言われても困る。とはいえ、いつしか聞こえていたギターの曲は止んでいた。

〈だったら時間を変えたらどう？　五分早くするとか〉

「ミーティングを七時五十五分開始にするんか？　やっても無駄や。その時間通りに来る。そのうち遅刻する者が出てくる」

遅刻に罰金を取る監督もいる。それも考えたが、実施すればケツの穴が小さな監督だとますます選手の心は離れていくだろう。

〈違うわよ。私が言いたいのは開始時間ではなく、チームの時間じたいをあなたの時間に変えてしまうってこと〉

そう言われたが、さっぱり意味が解らない。

〈あなたが監督なんだから、あなたの時間でみんなが動くの。それを守れなかったら、その時はトレードするなり、好きにしたらいいんじゃない〉

瑛子が提案したのは、今時小学生にもやらない指導法だった。それでも監督が代わり、チームを一から作り上げていくには妙案かもしれない。

8

翌朝、ホテルのエントランスから宇恵がバスに向かって歩くと、「おはようございます」と選手が慌ただしく追い越し、バスに乗っていった。ユニフォームのボタンを留めながら走っている選手もいたし、片袖だけ通して走りながら着替えている者もいる。

「おーい、靴紐を結ばんで走ったらコケてまうぞ」追い抜いていく若手に注意した。「あ、すみません」彼は屈《かが》んで急いで結び直すと、再び全力疾走でバスに駆け込む。

バスが発車する寸前に飛び乗った外野手は、宇恵の後ろに座るマネージャーに「ホテルの時計、どこもかしこも五分進んでますよ。まだ出発時間より五分早いです」と自分の携帯電話を見せて文句を言っていた。

ロビーやフロントだけでない。選手の部屋の時計も、朝の食事中にホテルの従業員総出で忍び込み、五分進めさせた。その時計通りに「あと五分でバスが出発します」と館内放送を入れさせたので、みんな慌てたのだ。

「苦情の電話でフロントはてんてこ舞いです」支配人に苦い顔で言われたが、宇恵は「キャンプ終了までこれでお願いします」と伝えた。

予定時刻より五分早い八時四十分にホテルを出発したバスは、いつもより五分早い八時五十分に球場に到着した。

「ええっ！　球場の時計まで進んどるやんか」

グラウンドに出た選手がスコアボードの時計を指差し驚愕していた。その時計が九時を指した八時五十五分にウォーミングアップは始まった。

スコアボードだけではない。ロッカー、ブルペン、室内練習場、食堂まですべての時計が五分進められている。九時半からのノックは九時二十五分から始まり、十時からの投内連係は九時五十五分にスタートした。

普段は十一時から投手はブルペンでピッチング、野手は打撃練習になる。みんなぶつぶつと文句を言いながら、十時五十五分から開始した。

だが一人だけ普段と同じ行動をしていた者がいる。今朝は病院に寄ってから球場入りした市木だ。嶋尾コーチによると、市木は他の投手より五分遅れてブルペンに入り、五分遅れて投げ始めたらしい。

スピードもコントロールも変化球のキレも、一緒に投げている投手の中では断トツに良かった。五分遅れて投げ始めたというのに、他の投手と同じ時間に「おつかれさん」とブルペンキャッチャーに終了を告げたそうだ。

夜のミーティングも七時五十五分から始まった。ここで初めて、宇恵は自分がどうして時計を進めるよう命じたか説明した。

「黄金時代を築いた東都ジェッツにはジェッツタイムがあったんや。すべて三十分前、九時出発なら選手は八時半には全員集合して、九時に来てもバスはとっくに出発してた。これってすごいことやと思わんか。チームから言われた規則でもないのに、選手が自発的に三十分前に集まって、バスは出発してたんやで」

一番前に座っていた若手に問いかけたが、彼は「はぁ」と生返事をしただけだった。

「ジェッツタイムが設《もう》けられた理由は諸説ある。一つは恐怖政治とも呼ばれた当時の名監督が、野球には準備が必要だということを持論にしていたからや。確かにバッティングでもピッチングでも走塁でも、先に準備するに越したことはない。ちなみにサインミスも、サインが出ることへの備え不足で間違えたのだとみなされ、罰金が取られた」

罰金と聞いて場がざわついた。自分たちも同じような目に遭《あ》うと思ったのだろう。

「だったらそんな面倒なことはせず、全部三十分前にスタートと決めたらいいじゃないですか」

後ろの方から声がした。先発二番手の東野だった。市木と一緒に朝帰りしたメンバーだ。

「別に一時間前でもええけどな」

そう言うと東野は顔を引きつらせた。

「そやけど、ジェッツも最初から三十分前ではなかったんやないかとわしは思うんや。そう思わんか」

目が合った選手は「えっ」といっそう不思議そうな顔をした。

「若い選手が決められた時間よりちょっとだけ早く出てきただけかもしれん。それがだんだんと普通になって、ベテランやレギュラークラスもそうするようになった。そうなると若手はもっと早《は》よ出なイカンとさらに早よなった……そうこうしているうちにジェッツタイムという時間が生まれたんやないか」

宇恵はそこで間を置いた。狙っていたストレートがど真ん中に来た時を思い出す。引きつけて、引きつけて、言葉を吐き出した。

「それこそが、伝統なんや」

相手の本拠地で打った瞬間にスタンドに入ったと確信した時と同じだ。相手ファンが息を呑んだように、ざわつきが消えた。

「チームというのはそういったちょっとした思いやりが積み重なって、結束していくんや。逆に小さなことをなおざりにしたチームはペナントレースから脱落する。うちはまだ若いチームやから、まずは五分前からスタートや。そやけどわしが監督していくうちに、みんなの思いやりが進化していき、新しいアイビスの伝統が作られていくのをわしは期待しとる」

誰もが戸惑っていた。年代的に中堅くらいの選手は「俺のレベルなら何分前に行けばいいんだろ？」と隣に相談していた。

加賀谷代表は渋い顔をしていた。数字を愛する統計学の専門家とあって、時間のズレが気持ち悪くて仕方がないのだろう。彼は練習中も携帯電話で本当の時間を何度も確認していた。

だが同じデータ重視でも嶋尾コーチは腕組みをして聞いていた。嶋尾は指示通り、すべてのメニューを五分前からスタートさせた。このあたりは同じ野球人だ。心は通じている。

「あれ、もうミーティング始まってるんですか。今がちょうど八時やのに」

携帯電話を眺めながら市木がガニ股で入ってきた。始まっていることなど気にせず笑っている。何人かが「お疲れっす」と挨拶した。

「市木、うちの時間はすべてホテルの時間に準ずると通達がいってるはずやぞ」

宇恵は八時五分を示した壁時計を指した。

「聞きましたけどそれってなんの意味があるんですか」

市木は歯茎《はぐき》まで見せて笑っていた。

「それを今伝えたところや」

「でしたらもう一度おっしゃってくれませんか。僕は時間通りに来ただけなので」

言葉は丁寧だが、瞳は挑発的だった。

「おまえとは今回初めて同じチームになったが、能力がずば抜けてるんはよう知ってるつもりや。実績も申し分がない。わしが果たせんかった名球会にも入るやろ。うちでは数少ない超一流の才能を持った本物のエースや」

「そりゃ、どうも。でも今年中に二百勝を達成できるかどうかは分かりませんけどね。野球は水ものなんで」

今年は休みますと宣言されたようなものだ。だが今の宇恵にはさして大事ではない。

「わしが不満なのは、おまえのチームへの思いやりの無さや。別に気分転換で飲みに行くのはええ。朝帰りもかまへん。そやけど練習に身を入れんといかん若いのを連れ回すのは考えられん」

「朝帰り？　なんのことですかね」わざとらしく小首を傾げた。

「おまえが認めんでも、他が練習態度で教えてくれたわ、なぁ、東野、榎本、久保、石井」

一人ずつ名前を呼んで顔を見た。彼らは目が合うと俯いた。

「それにおまえは自分だけ嶋尾コーチの鬼メニューから逃れて、他の四人が苦しんでいてもどこ吹く風というのも気に食わん」

「それなら今後は若手は早く帰すようにしますよ。でも五分前でいいんですよね」

完全におちょくっている。何人かが釣られ笑いした。

「その必要はあらへん。うちのチームの一員である以上、おまえにも従ってもらう」

「従わなければどうなるんですか」

「その時はトレードや」

言った瞬間、「待ってくださいよ」と加賀谷が飛んできた。嶋尾コーチまでが「本気ですか」と面食らっている。だが市木がミーティングに遅れてきた段階で、従うか出ていくか、どちらかを選ばせようと決めていた。

「どこにトレードされるんですか？」

市木の目は笑っていた。

「ジャガーズや」

まだ連絡していないが、谷原なら受けてくれるだろう。

チーム名まで出されたことで、市木も冗談ではないことに気づいた。それでも球界を代表するエースは心の内を見せることなく、不敵な笑みのままだった。

「いい話じゃないですか。僕もここにいるより、ジャガーズ打線に助けてもらった方が早く二百勝を達成できるかもしれませんし」

「さよか。そやったら決まりやな」

相変わらず加賀谷は宇恵の近くで「考え直してください、監督」とあたふたしているが、宇恵は気にしなかった。

「大阪は楽しいで。北新地があって、難波《なんば》もある。タニマチもごっついおるから、いくらでも朝帰りできるで」

「ファンの数もマスコミの数も、ここ とは段違いですしね」

市木の口は減らなかったが、宇恵も負けていなかった。

「そやけど大阪はファンもマスコミもえぐいから気いつけろよ。おまえみたいに一年置きに休んでいる選手には容赦なく罵声《ばせい》を浴びせてきよるからな」

一年置きと言われたことには言い返せず、歯軋《はぎし》りしていた。それでも市木は目を細め、瞳を光らせてきた。後悔するのはそっちだと言いたいのだろう。

市木がいなくなれば戦力が大幅ダウンするのは分かっていた。それでも宇恵は勝負に出た。野球も人生も賭けの連続だ。なにかに賭けるのなら、チームが困った時に死に物狂いで戦ってくれる選手にわしは賭けたい。

トレードを通告したことで、燻《くすぶ》っていたものまで一気に吐き出せた。

宇恵の心は沖縄の空のような快晴となった。

〈本当に通告したんか？　それも選手全員の前で言うなんて……〉

9

電話をした谷原は呆《あき》れ果てていた。

「仕方ないやろ。後で告げたら、時間通りに来なかったからトレードしたと全員から思われる」

朝帰りしたことや練習をサボったことまで話したのだ。おまえは才能があるが、思いやりがないとも言った。

〈だいたい時計を五分早くするなんて、今時子供でもせえへんぞ〉

「早く集合するのは少年野球の頃から教わってきたスポーツの基本や。その基本を忘れてるから、うちは強くなれんのや」

〈言ってることは間違ってないけど、あれほど早まるなと忠告したのに……〉

それでも〈言ってしまったものはしゃあない〉と投手三人と野手二人の五選手を出してくれた。

五人とも期待の若手だが、ジャガーズではレギュラーになるのは難しいらしい。二年前までチームメイトだった宇恵でさえ、顔と名前が一致しなかった。支配下枠のバランスもあって、アイビスからも二軍選手を二人出して、三対五の複数トレードとなった。

トレードやと言ったことで心のもやもやは全部吐き出せた。だがその空いたスペースに早くも不安が湧《わ》き上がってきて、翌朝の寝覚めは悪かった。

〈宇恵監督迷走。選手全員の前で市木にトレード通告〉

〈エース放出で、今シーズンは早くも諦めた〉

〈感情的で拙速。監督の資質に問題あり〉

新聞にはこれでもかと宇恵への批判が載った。

朝には同じ沖縄県内にあるジャガーズのキャンプ地から、よく日焼けした五人がやってきた。

「ピッチャーの東理一郎《あずまりいちろう》です。一軍は宇恵監督が現役だった二年前に二試合投げました。去年は肘の手術で一年間リハビリしてましたが、完全に治ったのでアイビスではお役に立てるよう頑張ります」

「新宮宗彦《しんぐうむねひこ》、外野手です。一軍経験は代走だけですが、三回走って全部成功してます。守備にも自信あります。ジャガーズではムードメーカーと言われていましたので、アイビスでも盛り上げていきたいと思ってます」

「硯徳人《すずりのりひと》、同じく外野手です。一軍ではまだまだですが、去年ファームで本塁打王になりました」

「投手の鈴木順一《すずきじゅんいち》です、昨年はファームで抑えをやってました」

「杉本講平《すぎもとこうへい》です。去年の九月に育成から支配下登録されました。得意球はストレートとフォーク。アイビスでは一軍の試合に出られるよう頑張ります」

アイビスなら出番があると思っているのか、五人とも元気よく挨拶していた。一軍実績があるのは二人で、それも肘の手術明けと代走要員だ。ファームの本塁打王だ抑えだと言われても、彼らが大事な場面で活躍する姿はイメージできなかった。

「まぁ、面子《メンツ》も替わったことやし、気分一新や。ほな、きょうも元気に始めよか」

宇恵が手を打ち、午前八時五十五分、隊列を組んでのランニングが始まった。新入りの五人は張り切っていたが、他は全員、心細そうだった。

担当記者の何人かは市木にくっついてジャガーズのキャンプ地に行ったようだ。今朝は三人しかマスコミは来ていない。

「やあやあ、宇恵くん、ご苦労さん」

「よお、新監督、張り切っとるみたいやないか」

グラウンドへの出入り口からよく知る二人がやってきた。一人は滝澤寿郎《たきざわとしろう》という、宇恵がジャガーズに入団する前の大監督。もう一人の久保谷亮《くぼやりょう》も宇恵が入る前に活躍したジャガーズの大エースである。七十代の滝澤は選手にもチームにも甘口、対して六十代になっても若々しい長身の久保谷は毒舌で辛口、大阪では甘辛の名解説者コンビとして人気がある。

「これは滝澤監督に久保谷先輩、わざわざ見に来てくれたんですか。これは光栄です」

大先輩が来てくれたことに宇恵は深く頭を下げた。

「いやぁ、ジャガーズのキャンプ地に行こうと昨日の晩、沖縄に着いたんやけど、その前に宇恵くんが監督になったアイビスを見とことと思ってな。楽しみな若手が多いやないか」

と滝澤が目を細めて言うと、「市木を放出したおかげで、チームが若返って良かったな。宇恵が監督なんやから、思い通りにやればええんよ」と久保谷からも激励された。

「それじゃ、俺らはジャガーズに行ってくるわ」

二人は五分ほど見学して帰った。励まされたと思ったが、大いなる勘違いだった。

「しかしクボやん、ぱっと見、知ってる選手はおったか？」と滝澤の声。

「隣の芝生は青く見えるもんですけど、完全に枯れてましたね」と次は久保谷の声。

「宇恵くんはこれでいけると思ってるかもしれんけど、外から見たら全然あかんで。岡目《おかめ》八目《はちもく》って言葉があるのを教えたってや」

「だから寄り道せんと、さっさとジャガーズに行きましょと言うたやないですか」

二人の引きつった笑い声が駐車場の方向から聞こえてきた。悔しくなった宇恵は落ちていたボールを拾い、ティーバッティング用のネットに思い切り投げた。

「イタタタッ」

急に投げたせいで、肩を脱臼《だっきゅう》したかと思った。

マスコミだけでなく、ファンの数も減っている。ふと空を見上げた。海鳥の数まで少なくなったのか、まばらにしか飛んでいなかった。そう思ったところ、浜辺から一羽、宇恵が立つ方向へと飛んできた。危険を察した宇恵は咄嗟《とっさ》に身構えた。

海鳥は操縦桿《そうじゅうかん》を引いたように直前で上昇し、宇恵の頭上でにゃーと鳴いた。

第2話　やさしい言葉

1

薄暗い通りを走ってきたタクシーが門提灯《もんちょうちん》の前で停まった。短髪で恰幅《かっぷく》のいい男たちが、肩で風を切って葬儀場へと入っていく。

タクシーを降りると、ダブルの喪服《もふく》を着た角刈りの中年男が「おお、宇恵」と声を掛けてきた。

「あっ、児玉《こだま》さん。お疲れ様です」宇恵は一礼した。

「忙しいのにわざわざ来てくれたんか。オヤジも喜ぶやろな」児玉は皺《しわ》だらけの顔をしんみりさせた。「そいなら、早速、オヤジに会《お》うてきてやってくれ」

「はい」返事をして宇恵も向かおうとすると、次のタクシーが入ってきて、ドアが開いた。

「あっ、児玉のオジキ、お疲れ様っす」

児玉に世話になった若い衆、いや若い選手なのだろう。その横では焼香《しょうこう》を終えた西日本のチームの選手の会話が聞こえてきた。

「兄弟、この後はどうするよ」

「アニキは銀座でしょ。お供《とも》させてください」

ガタイのいい、強面《こわもて》の男が勢揃いして、「オヤジ」「オジキ」「兄弟」「アニキ」と呼ぶのだ。近隣の住人は、良からぬ世界の大親分が亡くなったと勘違いしているのではないか。

「監督、夏木田《なつきだ》さんが死にはったそうです。明日通夜《つや》ですって」

昨日のビッグドームでのオープン戦でジェッツに一対四で敗れた後、チーフ兼打撃コーチの丸子が監督室に駆け込んできた。

夏木田はパ・リーグの数球団でスカウト部長、GMを務めて、強豪チームを作り上げてきた伝説の人だ。大阪ジャガーズ一筋の宇恵は直接指導を受けたことはないが、それでも恩人だった。

入団一年目は控え要員だった宇恵だが、翌年は開幕からレギュラーとして起用された。

オフに筋力トレーニングをして、長打を打てるよう打撃フォームを大きくしたこともあるが、使われるようになった一番の理由は夏木田だ。前年のオフに夏木田のチームとジャガーズとでトレードがあった。その時、夏木田が交換要員に宇恵を指名した。ただし夏木田はこう言ったそうだ。

「あのモヤシみたいな、ヒョロッとした宇田、宇田という選手をくれんか」

ジャガーズの監督はその申し出を拒否した。数々の無名選手を発掘した夏木田が指名してきたのだから才能があるのではないかと、咄嗟に宇恵の評価を上げたのだ。翌年、オープン戦から宇恵はスタメンで起用されるようになった。

その話は、宇恵が五年目に本塁打王のタイトルを獲得した時に、人を介して知った。その人は「モヤシみたいな」と言ったのも「宇田」と言い間違えたのも、宇恵にあまり関心がないと思わせる夏木田の演技だと話した。

「夏木田さんはそうやって敵チームの編成やスカウトを欺《あざむ》き、隠れた逸材《いつざい》を集めていったんや」

翌年のオープン戦、球場で夏木田に会った。

「夏木田さんのおかげでここまでこられました」

丁寧に礼を言った。夏木田は険《けわ》しい顔を崩すことなく「おのれの力よ」と言って去っていった。

そうした恩義があったからこそ、オープン戦が始まって三試合、新潟ＯＣアイビスはまだ一勝もできていないにもかかわらず、大阪に向かうチームから離れて通夜にきたのだった。

葬儀場には住職の唱えるお経が静かに響いていた。十人ほどが横に並んだ列が進んでいく。自分の番がきた。焼香して、合掌し「夏木田さん、これからは天国でゆっくり野球を楽しんでください」と心の中で唱えた。遺族に頭を下げ、会葬御礼をもらって式場を出た。目の前にタクシーが停まった。いかり肩の男が降りてきて、「宇恵、来とったのか」と言った。

「おお、池《いけ》ポン」

宇恵と同じ四十一歳で、今も中部ドルフィンズで現役を続けている池本《いけもと》というサウスポーである。

池本は、宇恵が引退した一昨年、二年ぶりの白星で通算二百勝を達成した。去年は前半戦が未勝利で、今度こそくたばったと思ったのだが、球宴明けから出てきて六勝を挙げてクビをつなげた。今は二軍調整中だ。態度はでかいが、根は小心者なので、若い選手に混じって真面目に汗を流しているのだろう。

「監督で忙しいのに、きちんと通夜にも来るなんておまえは偉いな、おまえにはどんどん差をつけられてく気がするわ」

池本の言葉が本音でないのは分かっている。別にこの男は宇恵が監督になったことを羨《うらや》ましいとは思っていない。野球選手にとって現役であるのが一番の華であり、宇恵にしたって監督は年寄りになってからでいいと思っていた。

「池ポンも夏木田さんに世話になってたんか」

「ああ、三十五歳の頃、干されて二軍で腐ってたんや。そしたらファームを視察に来てた夏木田のオヤジに、うちに来るか、来る気なら獲《と》ってやるぞと誘われた」

「ありがたい話やないか」

「でもオヤジからはこう言われたよ。おまえは生《は》え抜《ぬ》きのドルフィンズなら今年ダメでも来年もやらせてもらえるだろ。だけどうちに来たら外様《とざま》や。一年結果が出んだけでクビになる。その覚悟はできとるかって。それでドルフィンズで頑張ろうと気持ちを改めたんや」

いかにも夏木田が言いそうなことだった。

メディアからは「寝業師《ねわざし》」とか「ドラフト破り」などと批判されてきたが、たくさんの選手が慕《した》っている。それは選手こそがチームの宝だと夏木田が思っているのをみんな知っているからだ。だから夏木田がいるチームは「オヤジを男にしよう」と死にもの狂いで戦い、強豪チームへと変貌《へんぼう》していく。

「児玉のオジキには会ったか？　オヤジの訃報《ふほう》、オジキが知らせてくれたんや。オジキはうちのチームで二軍監督をしとったからな」

池本は場内を見て呟いた。ちょうど近くで若い女性がトイプードルを散歩させていた。池本の声が聞こえたのだろう。彼女は宇恵たちが話す道路の反対側へとリードを引っ張っていく。

「池ポン、そのオヤジとかオジキとかいう言い方やめんか。聞こえが悪い」

宇恵は小声で囁《ささや》いた。

「親だ、親類だと思って感謝してるんや。なにが悪い」

「そういうこと言うてるから野球は古いって若いファンから嫌われるんやで」

池本が着用しているダブルのスーツもやめてほしい。手にしたセカンドバッグもそうだ。一流選手たちの多くが大型ベンツに黒いフィルムを貼っているのも勘違いされる。球界にはいまだに靴の踵《かかと》を踏んで歩く者がいるし、コンビニの前でたむろしているヤンキーのような格好でタバコを吸う者もいる。これだけ禁煙社会になっても、野球界の喫煙率はそこそこ高い。

「宇恵、おまえ大丈夫か？」

ムッとされるのも覚悟の上で注意したのだが、池本は眉尻《まゆじり》を下げて言った。

「別にわしは、おまえに、若い選手の鑑《かがみ》になってほしいと願ってるだけや」

「俺が心配してるんは、そういうところや」池本の目がいっそう優しくなった。「監督になって悩みがあるのは分かるが、いきなり優等生になれと言っても無理な話や。中には手のつけられないワルや、警察にお世話になった元非行少年もいる。社会から鼻つまみ者にされても、野球を始めたら一生懸命になり、人々を感動させることができる。それがスポーツのええとこやないか」

「そんなん分かっとるわ」

ただオヤジとかオジキとかいう呼び方をやめようと言っただけだ。

「だいたい市木をトレードに出したことからしてそやろ。市木のヤツ、ジャガーズでは目の色を変えて、ブルペンでビュンビュン投げとるらしいぞ。来週のうちとのオープン戦で初登板するそうや。うちのスコアラーは、宇恵が要らんことをしてくれたと嘆いとったわ」

キャンプ中にトレードに出した市木がやる気になっているのは、スポーツ新聞に書いてあった。加賀谷球団代表からは顔を見るたびに「うちのQSとDIPSは十二球団最低になり、ジャガーズは大きく上昇するでしょうね」と得意の横文字で嫌味を言われている。

池本は市木を放出した理由も知っていた。

「確かに時間厳守は大事や。仲間を思いやるのも大切なことよ。だけど市木が全部バラしたせいで、今年の新潟OCアイビスのスローガンは『思いやり野球』に変更されたとマスコミは馬鹿にしてる。すべて宇恵が柄《がら》にもないことを言い出したからやぞ」

「監督になったらなったで、選手の頃とは違う悩みが出てきて大変なんよ」

「その上から目線がいかんのや」

「上からやないって。監督言うても選手が頑張ってくれんことには何もできんのやから」

本心から言ったのだが、池本にはそれも自慢に聞こえたようだ。同情的な目がいつもの対抗心をたぎらせるものへと変わった。

「俺はおまえがへっぽこ監督やと言われんよう、心配して言うてるんやぞ」

「池ポンこそ今年から一年契約やろ。開幕から仕事せんことには引退させられるぞ」

口にしてから余計なことを口走ったと悔《く》やんだ。その時には池本はすっかりつむじを曲げていた。

「逃げたおまえなんぞに言われたないわ」

「なんやて」

今度は宇恵が腹に据《す》えかねた。顔が反応したせいで、池本はいっそう調子づく。

「二千本安打にリーチかかってんのに、あと一本が打てないと怖《こわ》なったんやろ？　それとも一本数え間違えたんか？」

今度は瞳に嘲笑を混ぜた。胸元すれすれのシュートに宇恵が仰《の》け反《ぞ》るたび、この顔で挑発されたのを思い出した。

「そやな。わしはおまえみたいに計算が得意やないから数え間違いをしたのかもしれんな。せやけどおまえが得意の計算は、世間から『帳尻合わせ《ちょうじり》』と呼ばれてんのを忘れんなよ」

どんどん口が悪くなっていく自覚はあったが、だが言わないことには腹の虫は収まらない。

「帳尻合わせやろが記録は記録や。これからは毎年、冬は名球会でハワイに行かないかんから俺も大変よ。でもハワイは温《ぬく》いからええか。宇恵はその頃も新潟やろ？　新潟とロシアって、どっちが寒いんやっけ？」

わざと声を引きつらせて笑いやがった。

「そや、池ポンに言うの忘れとった。この前、新潟で希少なおまえのファンやという女性に会うたんや。その美人の娘さんに、池本さん、交流戦で見られますかって聞かれたけど、新潟の五月はまだ寒いやろ。そやから『池ポンさんはその頃はまだパッチ穿《は》いて、二軍でラジオ体操してます』って言うといたから」

適当な作り話で対抗した。

「アホ抜かせ、五月やったら、五、六は勝っとるわ」

「大見得《おおみえ》切ってきたな。あのセリフは二軍の数字でしたとか、あとで言わんでくれよ」

「たわけ。おまえなんぞ、とっととクビになれ」

そう吐き捨てた池本は、不本意に交代を告げられた時のようにぷいと背中を向け、肩を前後に揺らして葬儀場へと入っていった。

2

神戸で行われたブルズとのオープン戦、アイビスは四試合目にして初勝利を挙げた。

もっとも先発した去年十三勝のブルズのエース安川《やすかわ》には、五回までノーヒットで〇対三と抑えられた。安川が降りた六回以降、打線がブルズの新人投手を攻略して四対三と逆転できた。安川が退《しりぞ》かず、ブルズの野手も控え選手に切り替わらなければ、さらに点差を広げられて大敗していただろう。

それでも徐々にではあるが手応《てごた》えは摑んでいる。市木との三対五のトレードで入ってきた東《あずま》という左腕投手が二番手で登板し、三イニングを無失点に抑えた。プロ六年目になるが、肘の故障で一軍は一昨年に二試合投げただけ。当時、宇恵はジャガーズにいたが話したことはなかった。

腕をよく振って投げている東の球は、一四〇キロの球速以上に速く感じるようで打者は苦しんでいる。評価が厳しい嶋尾コーチも「東は、次は先発で投げさせましょう」と認めていた。

四対三と逆転した七回は、同じくジャガーズから移籍してきた杉本という若手右腕が四球を二つ出しながらも〇点に抑えた。去年秋に育成枠から支配下登録された杉本は、一軍経験もないが、上背があって球が重たいため、中継ぎの一イニングなら通用しそうだ。八回はタフネス左腕の榎本、九回はオープン戦に入って急遽《きゆうきよ》、嶋尾コーチが先発ローテの二番手から抑えに転向させた東野《ひがしの》がそれぞれ無失点に抑えた。嶋尾は「まずは後ろを固定しましょう。先発が五、六回でいいと思えれば、うちのような若い投手は気持ちを楽にして投げられます」とその理由を説明した。

杉本、榎本、東野のリレーで無失点に抑えたのは三試合連続となった。初勝利後、記者から「これはアイビスの勝利の方程式ですね」と聞かれた。まだ難問を解けるほどの完璧《かんぺき》さはないと、宇恵は「勝利のトライアングルやな」と答えた。

榎本も東野も元は市木派だった。キャンプでは市木と一緒に夜遊びして、宇恵に対して舐めきった態度を取っていた。

それが市木をトレードに出したことで、練習態度も改まった。この監督は切れたら何をするか分からないと実感したのだろう。市木のトレード以降、すべてのメニューで開始時間の五分前には集合し、嶋尾コーチが用意した厳しいメニューを真面目にこなしている。

ジャガーズからトレードで来た選手は他でも戦力になっている。五人のうち一人だけ、これは使えないとさじを投げた投手がいるが、野手二人も一軍に帯同させている。一人は新宮という一六七センチの小柄な外野手だ。去年は一軍にいたが、すべて代走要員。丸子チーフ兼打撃コーチが「足が速いし、ミート力があるんで、一番で使ったら面白いかもしれませんね」と言い、四試合とも一番を打たせている。四試合で十打数三安打と打率は三割だが、四球を四つ選んでいて、出塁率は四割三分と上出来だ。盗塁も二つ決めている。宇恵はリップサービスも込めて、マスコミには「あれはアカホシの再来だ」と喧伝《けんでん》した。

もう一人は去年、ウエスタンリーグで本塁打王を獲得した硯《すずり》というスラッガーだった。二軍でホームランを量産しているのにレギュラーになれなかったのは、一軍投手の変化球にまるで対応できないからだ。去年は一軍昇格して、七打数無安打、三振が四つ。今年もキャンプは一軍スタートだったが、シート打撃で三打席連続三振してファーム落ち寸前だったらしい。

噂にたがわず変化球はさっぱり打てない。ボールが曲がっていくのを後ろから追いかけていく素人のようなスイングだった。あれやったら宇恵が打席に入った方がまだましだ。

しかしバットに当たった時の飛距離は凄《すさ》まじく、四番に決めているカリブ海キュラソー島出身のサンティアゴ・ポコと遜色《そんしょく》なかった。

「ファンが煩《うるさ》いジャガーズでは使いにくかったでしょうけど、うちで七番くらいの気楽な打順を打たせたら、ひょっとしたら化けるかもしれませんよ」

毎日のように丸子が付きっきりで早出《はやで》特打《とくう》ちに付き合い、指導している。今のところ成果は出ていないが、一番にグラウンドに出てきて目の色を変えてバットを振る姿は好感が持てる。宇恵もそうやってレギュラーを獲った。

打線は一番センター・新宮、二番ショートで主将の上野山《うえのやま》、クリーンアップはサード・西川、ファースト・ポコ、キャッチャー・北野で固まってきた。

投手陣は、先発は柱が外国人左腕のカーシー、二番手がトレードで来た東、そして市木派から心を入れ替えた久保とルーキーの石井は、負け投手になったが、それなりの投球でゲームを作った。先発三、四番手を任せられるかもしれないと期待している。

リードした展開になれば、七回からは杉本、榎本、東野を一イニングずつ注ぎ込んでいく。なんとか格好はつきそうだ。それでも全員が活躍をしたところで最下位を抜け出せるかどうか。とてもクライマックスシリーズにいけるほどの星勘定《ほしかんじょう》はできない。

次の日は広島に移動してレッズとのオープン戦だった。

初勝利を挙げたことで、ベンチのムードも明るくなった。レッズとは若手投手相手に序盤から打ち合いになった。一回に四番ポコに待望の来日初アーチが出た。将来の大砲に育てるため七番で起用している硯にも左翼フェンス直撃のオープン戦初ヒットが出た。

六回を終わって九対七とリードしていた。七回もヒット二本で、無死一、二塁と点差を広げるチャンス。

宇恵はバントのサインを出した。内角の胸元にストレートが来て、打者は腰を引いてバントを空振りした。二塁走者が飛び出し、捕手からの送球でアウトになった。

すぐさま丸子が腰を引いた打者に怒鳴った。

「なに逃げとんねん、ドアホ」

走塁コーチも刺された走者を叱った。

「ボール見て判断しろと言うたやろ。このボケナスが」

その後、相手の若い投手は二球続けてボール球を投げた。

「そこのピッチャー、なにびびっとんねん。おまえタマついとんのか」

違うコーチがヤジった。だがその次の球、打者はボール球の内角の変化球に詰まり、６―４―３の併殺《へいさつ》となった。

「おまえ。あれほどシュートには気をつけろと言うたろ。ヘタレみたいなバッティングをしよって」

丸子が打者の頭をはたいた。

七回裏は杉本がマウンドに上がった。ここまで二試合は好投していたが、疲れが出てきたのか、二者連続四球で歩かせた。次の打者には変化球をヒットされた。

「内角をど突いたれ」

腕組みをしていた嶋尾コーチが声を飛ばした。嶋尾は内角にストレートでどれだけ攻められるかが投球術の基本だと考えていて、変化球の多投を嫌がる。理論派で、ミーティングでは立て板に水のように演説するが、根は宇恵と同じ関西人だ。少しでも投手に逃げの姿勢が見えると途端に口が悪くなる。

杉本はなんとか一失点でその回を抑えた。戻ってきたバッテリーに嶋尾が説教していた。

「相手はおまえらが内角に投げられん腰抜けや思とるぞ。あんな鼻くそみたいなバッター、情けないと思わんのか」

マスクを被《かぶ》っていた新人捕手が、きょうの杉本は指のかかりが悪くて内角はぶつける心配があったと言い訳した。

「そやったら一発ぶつけたらええがな。頭カチ割ったところで、踏み込んできた向こうのせいや。そしたら向こうのバッターは二度と踏み込んでこんようになる」

相当な大声だったため、宇恵は相手のベンチに聞こえないかヒヤヒヤした。

八回表の攻撃、レッズのマウンドはプロ初登板の新人だった。ベンチからは選手までがコーチと一緒になってがなっている。

「ピッチャーびびっとんぞ。カマや、カマ」

宇恵は次第に試合に集中できなくなった。

3

「そんな、言葉遣いに注意しろなんて、いったいどの言葉がいかんのですか」

　十対九で勝利したゲーム後、宇恵がコーチを集めて言うと、即座に丸子が聞き返してきた。

「ボケナスとかドアホとかそういう言葉や」

　目線を丸子から別のコーチに移して言った。

「それからタマついとんのかやカマとかもあかん、下品すぎる」

　言われたコーチは不服そうな顔をしているが、宇恵は構わず続けた。

「そういった汚い言葉は敵よりも味方に対しての方が多い。嶋尾コーチ、うちのピッチャーに逃げるな、と言いたいのは分かりますが『腰抜け』『鼻くそ』は適切な表現ではないと思います」

　年上なので丁寧な言葉遣いで注意した。

「それに一発ぶつけろとか頭カチ割れはもっとよくないです。野球はスポーツなんですから」

　ファンに動画を投稿されたら、たちまち社会問題だ。今はどこからでも撮影されていると身を律して行動しないといけない時代なのだ。

ベンチとは一変して、いつものクールな顔に戻った嶋尾が口を開いた。

「お言葉ですが監督、野球は遊びじゃないんですよ。たった一球の失投でチームは優勝を逃し、選手は、来年は違う仕事を探してることもあるんです」

「それは分かってます。でもぶつけろと言われた相手はいい気持ちはせんでしょう」

「監督は全然分かってませんね」嶋尾に否定された。「相手がどう思おうが関係ありません。それよりうちの選手が、コーチも一緒に戦ってくれてると思うことが大事なんです」

言われて納得したこともあった。昔は、ヤジは選手が言うものだった。だがＷＢＣや五輪、他球団との合同自主トレが多くなるに従って言いづらくなった。その代わりに表に立っているのがコーチなのだ。

「嶋尾コーチの場合、いろんなチームでコーチをされてきたわけでしょ。死球を容認してると思われたら、次にそのチームに行った時、嫌われませんか」

「僕は気にしませんよ。それに僕は毎回このチームでダメなら次のコーチの誘いはないという覚悟でやってますんで」腹が立つほど正論を言われた。「監督は、次のことを考えてはるんですか」

「そんなことは考えてませんよ」

宇恵は手を振って否定した。

普段は投手コーチとは犬猿の仲の丸子までが嶋尾の味方だった。

「そうですよ。だいたい監督の現役時代、『しばくぞ』が口癖だったやないですか」

それはよく言った。ちょっと調子に乗っている若手への可愛がりのようなものだ。

「味方の選手にもしょっちゅう、『もう死ねや』と言うてましたよ」

「そんな汚い言葉使うか」

「使ってましたよ」即座に言い返された。確かに使っていた。だがふざけた時に出る言葉で、宇恵が子供の頃はみんな普通に言っていて、誰からも叱られなかった。

「まだ『死ねや』と言われた時は良かったですよ。僕が一番きつかったのは、代走で出て牽制で刺された後、『おまえ、その野球センスでようプロになれたな』と目も合わさずに言われた時です。あの時は本当に自殺を考えましたから」

その時の記憶も戻ってきた。二十代半ば、六試合連続ホームランを打ち、チーム記録のかかった七試合目だった。フェンス直撃の二塁打はあったが、四打席目までホームランはなかった。それが九回二死から三番打者が四球で出塁して、新人の丸子が代走に出た。相手投手もへばっていて、宇恵には一発出そうな予感があった。だが一球も来ることなく丸子が牽制で刺されてゲームセットとなった。

「その野球センスなんちゃら」がトラウマとなり、以後、丸子はリードが取れなくなり、代走で起用されることはなくなったそうだ。努力で打撃を磨《みが》き、代打としてプロで生き延びたから良かったが、あのまま消えていたら、宇恵を一生恨んでいただろう。

そうこう考えていると他にもいろんなことを言って選手を傷つけた記憶が甦ってきた。内角の近いところを要求した捕手に「殺すぞ」と凄んだ。池ポンにはしょっちゅう「おまえなんか早くくたばれ」と悪態をついた。

宇恵は気まずさを隠し、「まだ歴史のない新しいチームやし、ファンだって最近野球を見始めた若い人が多い。そういう人が野球を嫌いにならんよう、選手や相手チームの威厳を汚すようなことはやめましょう」とコーチ陣に指示した。

4

コーチには不評だった言葉遣いを改めることが、嫁の瑛子からは〈あら、それはいいことじゃない〉と褒められた。

毎晩瑛子と電話する習慣はオープン戦が始まった今も続いている。神戸でのゲームだった昨日は久々に自宅に帰り、飯を食った。前日に顔を見たからいいだろうと、きょうはかける気はなかったのだが、どうも落ち着かなくてメールをした。すると瑛子から電話がかかってきた。

〈それであなた、急に「きみは、今、なにしてる」っておかしなメールを送ってきたの

ね〉

文面の変化に気づかれた。最初はいつものように「おまえ、なにしとんねん」と書いたのだが、自分の口の悪さが文章から来ていると感じ、書き直した。

〈「おまえ」だったら、まだいいけどね。昔からあなたの二人称って「われ」とか「きさま」でしょ？　この人、いつの時代の人なのっていつも不思議に思ってたわ〉

聞いていて顔が赤くなった。そう思ったのならその場で注意してくれや。そしたらもう少しましな人間になれたのに。

「せやけど、マスコミや口の悪い評論家からは、宇恵は監督になってすっかり牙を抜かれた。監督の座に執着《しゅうちゃく》してるからだと悪口を言われてるんやで。チームスローガンを『思いやり野球』に変更したと馬鹿にされてるしな」

不思議なもので反対されると言い張れるのだが、味方されると不安になる。これもまだ自分に自信がないからか。

〈チームスポーツなんだから仲間への思いやりは大切よ。あなたはそういうところからチームの和を作っていこうとしているんでしょ。いくら盛り上げるつもりでも、自分の選手に対して「ボケナス」とか「ドアホ」とか言うもんではないし、対戦相手にももっと敬意を払ってしかるべきよ〉

さすが嫁や。よう理解してくれている。子供ができなかった分、よその夫婦より二人で食事に行ったり、会話をした時間は多かった。もっともそれは瑛子の生まれもっての性格がおおいにある。

瑛子は球場に試合を観にくることもなかったし、他の選手の嫁さんのように、栄養学を勉強して、それをテレビで自慢することもなかった。ただゲームに行く時は必ず玄関に出てきて「行ってらっしゃい」と送り出してくれ、宇恵も「ほな、行ってくるわ」と短く返した。引退するまで同じことを繰り返したおかげで、ゲン担《かつ》ぎなどというまどろっこしいものにも頼らずに済んだ。

「わしもそう思って注意したんやけどな。コーチが怒鳴ったところで、今の選手は萎縮《いしゅく》して逆効果になることの方が多いから、自分が正しいと信じて、わしのやり方を貫くわ。アイビスはまだ若いチームやけど……」

気分よく話していた途中、〈ちょい、ちょい〉と瑛子から話の腰を折られた。

「なんやねん、これから大事なことを言おうとしとんのに」

社会の模範となるチームを作って、新潟からプロ野球のイメージを変えようと言うつもりだった。

〈そこまで立派なビジョンを語るなら、自分のこともわしではなく、ボクじゃないの〉

「ボク？　おまえに対してボクと呼ぶんか？」

〈おまえじゃないわよ。きみでしょ〉

調子が狂ってしまい、言葉が返せない。

〈これからはきょうみたいに、『きみ』でメール頂戴ね。きみは元気か、ボクも元気だよって。その方が私も遠距離恋愛の恋人と文通しているような気分になれるし〉

「アホか。なんで古女房《ふるにょうぼう》相手に遠距離恋愛せなあかんのや」

〈ほら、また汚い言葉を言う〉

すぐさま指摘される。

〈付き合っていた男女が仕事で離れ離れになったのよ。男は東に向かう列車で旅立った。女は男が帰ってくるのを待っている。二人は手紙のやりとりをしてお互いの近況を語り合うの。あなたは私になにか贈り物をしようとするんだけど、私はそんなプレゼントは要らないから都会の空気に染まらないでって願うの〉

瑛子の思考がどこからきているかすぐに合点がいった。瑛子の好きな七〇年代のフォークソングの歌詞だ。女子校でギター部にいた瑛子からは、結婚した当初、よく弾き語りで聴かされた。

「そんで最後は、わしは、都会の方がええから帰らんと言うて別れるんやろ」

〈あらよく分かったじゃない。ご名答〉口を丸めている顔も浮かんだ。〈もしかしてもう現地妻が出来た？〉

「できるか。こんな真面目に野球やっとんのに」

寒さの厳しい新潟ではオープン戦が行われず、他の球場を借りては転々とする放浪生活だ。新潟には数えるほどしか行っていない。

〈でもそっちの方が田舎で、私の方が都会にいるんだったわね、ククッ〉

「おまえ、新潟を馬鹿にしとるやろ」

〈女が出来た時は、私に木綿のハンカチーフ贈ってね。私も一応、涙を拭くから〉

「なにが一応や」

そこで慌てて手で口を押さえた。

まずい、まずい。あやうく嫁に向かって「もう死ねや」と口走るところだった。

5

オープン戦も中盤に入り、アイビスはプロのチームらしさを見せられるようになってきた。相手がレギュラーメンバーでもほぼ互角に戦えている。

まずキャンプ途中からやってきた新外国人のブライトン・カーシーというメジャーを代表する名サウスポーとまぎらわしい名の左投手が、安定したピッチングを見せはじめた。三試合、十四イニング投げて、自責点は「2」。一八〇センチ九五キロのずんぐりむっくりした体型で、一九三センチある本家とはタイプは異なるが、キレのあるストレートに打者のほとんどが振り遅れていた。宇恵は試合後のインタビューで「越後のクレイトン・カーショウや」と命名した。マスコミは喜んで、次の日の新聞から「越後のカーショウ」と見出しにした。

先発二番手はジャガーズとのトレードで来た左腕の東だ。初先発で六回を無失点に抑えた。先発に左が二枚いるのは心強い。

三、四番手は二年目の久保とルーキーの石井だ。彼らも投げるたびに自信をつけている。まだシーズンを戦うにはあと二枚先発が必要だが、それでも市木一人しかいないと諦めていたキャンプ時と比べたら、見違えるほど投手陣は整備されてきた。

打線も一番新宮、二番上野山、三番西川、四番ポコまでは問題ない。気がかりなのは五番キャッチャーの北野が腰に違和感が出て、DHで使っていることだ。だが嶋尾コーチが「北野は肩やリードに不安があるし、シーズンが始まってもDHで打撃に専念させましょう」と言ったことで、ドラフト六巡目で獲った住吉《すみよし》という社会人出の捕手を起用している。

一七〇センチで非力な住吉は、打撃はさっぱりだ。しかしキャッチングは上手だし、鉄《てっ》砲肩《ぽうがた》で盗塁を次々と刺した。捕手は打撃より守備重視の起用でいいのかもしれない。

「監督、もしかしたらこのチームいけるかもしれませんね」

丸子も手応えを摑んでいるようだ。

「若いチームやからいろいろ壁にぶち当たるやろけど、若い選手は自信がつくと、それが勢いになって大型連勝も期待できるしな」

コーチの言葉遣いを注意したのも正解だった。選手は伸び伸びプレーしている。若干《じゃっかん》、行儀が良すぎるきらいもあったが、それでも相手が汚いヤジを飛ばしたり、ベンチで唾《つば》を吐いたりしているのを見ると、自分たちが一つ上のクラスの野球をやっているような気がして、誇らしく思える。

オープン戦は十三試合を終えて七勝五敗一分けだ。順位は十二球団中四位、パ・リーグではスター揃いの福岡シーホークスに次いで二位につけている。ええ調子やないか。

だが残り三試合になって開幕を意識し出したからか、それとも相手のレギュラークラスが開幕モードに入ったからか、思うように結果が出なくなった。

横浜でのベイズ戦では先発した開幕投手候補カーシーが初回に三失点、その後は七回まで無失点に抑え、リリーフ陣も追加点を与えなかった。だが打線が沈黙し、〇対三で敗れた。

相手ピッチャーは一五五キロの速球で押してくるが、コントロールが悪く、ベルトより上を狙っていればいくらでも打てそうだった。ところがアイビスの打者は荒れ球に腰が引け、失投を仕留められない。普段なら唾を飛ばし、打者の頭をはたいて気合を入れている丸子も「もっとボールをよく見てな」と指導は控えめだ。九回無死満塁のチャンスも、後続が凡退して、一点も返すことなく負けた。

次の東京セネターズ戦は投手陣が崩壊した。きっかけは先発の東が、先頭打者に死球を与えたことだ。

死球といっても背中に当たったため、打者は大して痛くない。それなのに相手のベテラン打者は、一軍でのキャリアが浅い東に向かって「コラ、ワレ、舐めとんのか」と凄み、マウンドに一歩詰め寄ったのだ。

両軍のベンチから選手が出かかったが、東は帽子を取って謝り、乱闘にならずに済んだ。しかし東は、その後は内角に投げられなくなり、三回までに五点を取られた。

後を継いだ若手投手も同様に失点を重ねた。これまでなら叱ることで投手陣の弱気の虫を取り除いていた嶋尾も「変化球で逃げたりせず、内角のストレートで攻めていきなさい」と丁寧な言葉遣いで注意していた。

打線が反撃して八対十一と追い上げた八回裏、また投手が変化球を多投する逃げのピッチングで走者を溜めた。嶋尾コーチがマウンドに行く。どうも様子がおかしい。

最初は投手が嶋尾になにか言っていたが、途中から捕手の住吉が嶋尾に抗議をしているように見えた。

結局、その回は一イニングで六点も取られ、八対十七の大敗で終わった。

「やっぱり若いチームは開幕が近づくと意識してしまうんかな。それとも自分らが成長したと見えたのは錯覚で、単に相手チームが手を抜いてくれてただけなんやろか」

不安を感じ始めた宇恵は丸子に尋ねた。

「元気が出ないのは監督のせいですよ。急にあんなことを言い出したからです」

「あんなことってなんやねん」

「言葉遣いに決まってるやないですか」

丸子いわく、調子のいい時にコーチは必要はない。だがこの二試合のように悪い流れになると、その流れを断ち切ってくれる強い存在がベンチに必要であり、それがコーチの役目だと言うのだ。今のような優しい言い方では、選手にはまったく響かないと言われた。

確かに一回に東が三失点した時、バッテリーコーチは「三点取られたくらいで落ち込むな、元気出そうぜ」と東と住吉のバッテリーを激励していたが、全然効いている様子はなかった。そのコーチは方言がきついことで知られる岡山出身で、普段なら「死球ぐれえで、なにびびっとんじゃ、このバカたれが」と無理やり気合を入れていた。

「それにきょうの八回のピンチ、マウンド上で嶋尾コーチとキャッチャーの住吉がなにを揉めてたか知ってはりますか」

「知らん」

「嶋尾さんは、怖がってフォークでいかないで、真っ直《ます》ぐで勝負しなさいと言うためにマウンドに行ったんですよ。内角を攻めろって」

内角の真っ直ぐがピッチングの軸というのは嶋尾の投球論の基本だ。

「でもきょうの試合、一回に束がぶつけて乱闘になりかかったやないですか。ピッチャーは、内角はシュート回転するから投げづらいって言ったんです」

「そんなこと言ったら、嶋尾コーチは激怒したやろ」

「そりゃ以前なら『そんな弱気なことを言ってたら二軍に強制送還するぞ』と雷を落としてたでしょうね。でもきょうは強くは言わなかったみたいです。そしたら住吉が、『シーズン始まったら真っ直ぐで攻めますからここはフォーク中心の配球をさせてください』と言ったそうです」

「住吉、新人のくせに投手コーチにそんなたいそうなことを言うたんか」

「新人言うても、住吉は二十六歳ですし、社会人でそれなりの経験はありますからね」

そこまで言ったから、嶋尾は任せたのだろうが、住吉の主張は裏目に出た。その後、変化球主体のリードは相手に完全に読まれ、連打を浴びた。

「ちゅうことは住吉、試合後に嶋尾コーチに呼ばれて、こっぴどく説教されてるんと違うか。住吉も災難やな」

無失点に抑えても配球が悪いと小言《こごと》を言う人だ。住吉がしょげている様まで浮かんだ。

「嶋尾コーチはとっとと帰りましたよ」

選手がしょげる前にコーチが拗《す》ねてしまったようだ。どうやら宇恵が想像しているより、チームはおかしな方向に進んでいる。

「僕かて監督の考えていることに賛成している気持ちはあるんですよ。野球人気が落ちてきているのに、野球だけが昭和気質のまま、怒鳴りつけて、特訓だ、スパルタだ、鉄拳《てっけん》制裁だって言ってるようでは野球をやりたい子供が減る一方です。今の教育はただでさえ、自主性を重視しています。選手の意思を大切にするというのは、今の時代に沿った方針やと思《おも》てます」

丸子は真剣な顔で話し始めた。自主性を尊重する、そういった意味のこともキャンプ初日のミーティングで宇恵は話した。門限をなくしたのもその一環だ。

「でもそのやり方が、すべて今の選手に当て嵌《は》まるわけではないと思うんです」

「なんでやねん」

「今の選手は自分が本気を出す前から、自分にはできないと決め付けてしまって、活躍している選手のことを素直にすごいと認めます。ケガをしないことが第一で、まずは自分ができそうなことを目標に設定します」

「目標を持って練習するんなら、ええことやないか」

自分たちは上から言われなければ練習しなかった。ケガをしないように自己管理するのも大事なことだ。だが丸子は「それだけではプロでは生き残っていけません」と言う。

「すぐに結果が出る選手ならそれでいいですよ。昔はドラフトで指名されれば、チームは四年間面倒を見てくれましたが、今は世知辛《せちがら》くて、ドラフト一巡目でも結果が出んとすぐに自由契約にされるか、育成にされます。遅咲きの選手がクビになる一年前に才能を開花させるためにも、時にはコーチが怒鳴って押し付けることも大事やと思うんです」

丸子の言葉に聞き入ってしまった。自分より早く引退して、もう六年間もコーチをしている後輩が、指導者としてこんなに熱い気持ちを持っているとは、初めて知った。

「だいたい監督が時計を早めたことかて、押し付けみたいなもんですやん」

五分前からのスタートは今も続いている。最初の頃は不満を垂れていた選手も、今は当たり前のように従っている。五分前より早く出てくる選手もちらほら出始めた。

「負けた相手に拍手を送るばかりでは自分がクビになるのがこの世界の性《さが》です。戦力外を通告されてから後悔するくらいなら、『この丸子のくそったれ、と思ってでも今を頑張れ』と僕は選手に教えたいです」

人を頑張らせるには、誰かが嫌われ役を買って出なくてはならない。丸子の言いたいことは痛いほど分かった。

ここで「言葉遣いに注意しろ」と言ったことを撤回すれば、元気のあるチームに戻りそうだ。

だがまた下品な言葉が飛び交うベンチを想像すると、今すぐここで、分かったとは言えなかった。

6

最終戦は名古屋でのドルフィンズ戦だった。アイビスの先発は開幕三戦目の登板を予定しているルーキーの石井、ドルフィンズの先発はオープン戦初登板の池本、二十二歳対四十一歳の対決に、ドーム球場はシーズンさながらの盛り上がりだった。

池本は全盛期に比べたらボールのキレもイマイチで、すべてがヘナチョコ球に見えた。だが右打者は池本の内角へのスライダーに腰を引き、外角に逃げるシンカーを引っ掛ける。左打者はその逆だ。内か外か迷った末に一三〇キロしか出ない真っ直ぐを見逃し三振して帰ってくる打者もいた。現役の頃なら「そんなヘタレ球を見逃してどないするんや」と宇恵はわざと池本に聞こえる声で活を入れていた。

それでも投手陣が頑張った。先発した石井はサイドスローから右打者には内角にシュート、左打者には外に落ちるシンカーでゴロを打たせてアウトを重ねていった。ドルフィンズの四番で、ポコとオープン戦の本塁打王を争うドミニカ人助っ人に二連発を食らったが、失点はそのソロ本塁打二本による二点に抑えた。

そして池本がマウンドを降りた六回、ポコにツーランが出て二対二の同点に追いつく。

「ええぞ、オープン戦やけど、この試合なんとしても勝とうやないか」

宇恵は盛り上げた。現役の頃はオープン戦の成績は気にしなかったが、今のチームは違う。七勝八敗と負け越しで終わるのと、八勝七敗と勝ち越しで開幕を迎えるのとでは、自信はまるで違う。

打線は七回二死一、三塁、八回二死満塁と好機を作るが点を取ることはできなかった。

もっとも気の抜けたスイングではなく、ドルフィンズのセットアッパーに、必死に食らいついていき、運悪く打球が守備の正面をついただけだった。

どうやらベンチの裏で、丸子が選手を鼓吹《こすい》しているようだ。皆、口元を引き締め、戦う男の顔つきで打席に向かっている。

投手陣は七回杉本、八回榎本が完璧に抑える。そして九回、五番DHの北野にタイムリーが出て、ついに三対二と勝ち越した。

「いい形になってきたな。このまま逃げ切るぞ」

宇恵はそう言って、九回裏の守備につく選手を送り出した。

だが抑えの東野が先頭打者を歩かせた。一死は取ったが、三番打者にスリーボールからストライクを取りにいった球を打たれて、一死二、三塁にされた。そしてこの日、四打数三安打、ホームラン二本の四番のドミニカ人に打順が回った。

住吉がマウンドに行った。なにやら雲行きが怪しい。東野と住吉が揉めている。

隣で腕組みしている嶋尾投手コーチが「こんなところで弱気になって」と呟いた。

「どういうことですか」宇恵が尋ねる。

「住吉は勝負しようと言ってるんです。ペナントレースでは勝負できませんけど、今はオープン戦ですから。でも東野はここで打たれて、嫌な気分で開幕を迎えたくないんですよ」

グラウンドコートを脱いだが、宇恵は「ここはわしが行きます」と嶋尾より先にベンチを出た。ずっとこらえていた嶋尾がマウンドで東野を汚い言葉で叱りつけると思ったからだ。気合を入れるのはいいが、東野には今シーズン、一番大事な九回を託すのだ。こんなところでプライドを踏みにじられたらかわいそうだ。

マウンドに到着すると嶋尾の言った通りのことが起きていた。

「大丈夫です、東野さん。相手はさっきの打席で杉本のストレートを二塁打しました。二打席続けてストレートで勝負してこないはずと、変化球を狙ってます。ストレートで攻めたら抑えられます」

住吉が説得していた。だが東野は「いや、きょうのヤツは調子が良すぎる。なにもオープン戦をサヨナラ負けで終わらせることはない」と勝負を避けたがっていた。

他の野手が困惑した目を宇恵に向けてきた。東野が「監督も、オープン戦だけどこの試合なんとしても勝つ、と言ってましたよね」と同意を求めてきた。ああと頷きかけたが、住吉から「オープン戦ですよ。勝ち負けは関係ないじゃないですか」と言われて、顎《あご》を引かずに止めた。

しばらく悩んだ。東野が言うように打たれる確率が高いのに無理に勝負することはない。だが住吉が言うようにオープン戦だというのももっともだ。

「東野さんの真っ直ぐなら抑えられますって」

「いや、勝負するにしても真っ直ぐはきつい。フォークだ」二人はまだ言い合っていた。

「よしゃ、分かった。とりあえず勝負でいこう。住吉が言うように真っ直ぐでいい。せやけどけっして甘いところには投げんなよ。際どいコースに投げて、それでカウントが悪くなったら歩かせ」

バッテリーにそう伝えてベンチに戻った。

祈る思いで戦況を見つめた。一応、作戦は勝負だが、きわどいコースをついたものの結局四球で歩かせて満塁になる。それでいいから五番打者を抑えてくれと願っていた。

東野がセットポジションから足を上げる。住吉は外角のストライクゾーンいっぱいのところに構えていた。

踏み込んでから右腕を力いっぱい振る。ストレートだった。甘いところに投げるなと言ったのに、ボールは住吉が構えた外角からシュート回転して真ん中に入ってきた。打者が振り抜く。バットに当たった直後に、ドームの二階席まで届くのが分かった。

ドルフィンズベンチからは選手が出てきて、逆転サヨナラホームランを打った外国人を祝福している。

アイビスの選手はオープン戦だというのにがっくりと肩を落として引き揚げてきた。

こんなことならやはり歩かせるべきだったか。後悔先に立たずだが、選手の前で悔やんだ顔を出すわけにはいかず「しゃあない。みんなようやったで。お疲れさん」と称《たた》えて、監督室に戻ることにした。

監督室に入ると、ノックする音が聞こえた。

球団代表の加賀谷がきて、「最後はデータ的にも敬遠でしょう」と小言を言われるのだろうとげんなりしてドアを開けた。そこにはキャプテンの上野山が立っていた。

「お疲れさん。最後は負けてもうたが、七勝八敗や、これもおまえがキャプテンとしてチームを引っ張ってくれたからや」

労《ねぎら》ったが、上野山は口を真一文字に結び、深刻な顔をしていた。

「どうしたんや、上野山」

「監督、最後のあれはないと思います」

まるでどちらが監督なのか解らないような厳しい目つきでそう言われた。

7

壇上では小此木オーナーの挨拶がもう十五分近く続いていた。

「私もプロ野球という新しい業界に参入しまして三年目になりますが、今年は今までにない手応えを摑んでおります。今年のチームは大変スマートです。私自身、プロ野球チームを持つと決めてから、今の時代と球界とが少しずれている、その温度差のようなものを感じてきました。ですが今年のチームは私が望んでいた、今の時代にふさわしいプロ野球チームに変わりました。私もいろいろ批判を受けてきましたが、監督を毎年代えながらも、改革してきたことが正解だったと、実感している次第であります」

都内にあるホテルの大宴会場は百人ほどの招待客でごった返していた。有名な政治家や企業の経営者もいる。みんな若くしてコーヒーの全国チェーンを展開している小此木が親しくしている政財界の応援団だ。

挨拶する小此木オーナーの後ろで、宇恵は開幕一軍メンバーの二十八人と並んで話を聞いていた。小此木は饒舌《じょうぜつ》だった。長身で、長髪にひげを生やしたイケメンの四十歳は、頻繁に報道番組でインタビューされていることもあって時折冗談を織り交ぜて聴衆を飽きさせない。

壇上には「新潟OCアイビスの活躍を応援する会」と横断幕が掲げられていた。開幕前の激励会はどのチームでも行われるが、いくらオーナーの都合とはいえ、開幕の前々日にやっているのはアイビスくらいだろう。しかも本拠地の新潟ではなく本社のある東京でだ。

ブルズとの開幕戦を前に昨日から神戸入りしていたチームは、昼間の練習を終えて全員で東京に移動してきた。激励会が終わると再び神戸にとんぼ返りしなくてはならない。

「宇恵監督、激励会の監督の挨拶の中でチームスローガンを『思いやり野球』に変えていただけませんか」

控え室で久々に会った小此木からそう言われた。キャンプもオープン戦も一度も顔を出さず、話したのは去年の就任会見以来だった。

「思いやり野球は僕が言ったのではなくて、メディアが勝手に使ってるだけですよ」

しかも悪口で言われているのだ。だが小此木は笑みを浮かべ、聞いてくれなかった。

「僕はこのチームのスローガンにはそれがフィットすると思うんです。まぁ、監督が決めた『チャージ、チャージ、チャージ』も悪くはないですよ。でも今の若い人にチャージと言うと、電子マネーにあらかじめお金を入れておくことだと勘違いされますし」

時代遅れだと馬鹿にされた。

「いずれにせよ、私どもオアフコーヒーも、新潟OCアイビスもお客様がいてこそ成り立つ商売ですからね。『思いやり野球』が定着したら、メニューに思いやりゼロ円と載せてもいいかなと思ってます。あっ、これはどこかの二番煎《せん》じですけどね」

小此木は口に手を当てて上機嫌だった。

「スクリーンを用意して、新スローガン発表の映像も製作しましたから」

そこまで準備されたら宇恵は従うしかなかった。

壇上では小此木の挨拶がまだ続いていた。

「私がオアフコーヒージャパンを設立してから十五年が経ちます。ここ三年は連続して過去最高の売り上げを達成しており、来期から三年間で全国にさらに百店舗をオープンさせる計画です」

話は完全に野球から逸脱《いつだつ》している。宇恵は何度もあくびをしかけたが、我慢した。隣でチーフ兼打撃コーチの丸子の口が開きかけた。目立たぬように肘打ちする。丸子は半分くらい開きかけたところで口を閉じ、目で詫《わ》びた。もっとも選手は一様に退屈し、早く終わってくれと願っているはずだ。

「まだまだ至らないところはあると思いますが、今年は皆様の期待に応えられると思ってます。皆様、我が社同様に、この新潟ＯＣアイビスを応援してください」

ようやく長い挨拶が終わった。小此木が一礼して、宇恵が立つ方向に歩いてくる。

「それでは続きまして、新監督の宇恵康彦より、皆様に新しいシーズンを前にご挨拶をさせていただきます」

女性の司会者が言うと、拍手が沸いた。一応、スピーチは考え、電話で瑛子にダメだしされながら練習した。それでもうまくやれる自信はない。センターマイクに向かうと、手と足が同時に出かかった。

小此木とすれ違った。そこで小此木は唐突に右手を出した。あやうく通り過ぎそうだったが、立ち止まり両手で小此木の手を握った。年商百億の男にふさわしい立派な手をしていた。握ったまま小此木が首を伸ばして、宇恵の耳元で囁いた。

「来賓《らいひん》の方が多数いらしてますから丁寧な言葉でお願いしますね」

そんなん分かってます、と心の中で言い返す。

「それから自分のことをわしなんて言わないでください」

それも当然ですと無言で頷いた。最近はマスコミの前でも「僕」と言うようにしてきた。ところが小此木から「わたくし、でお願いしますね」と言われ、急に調子が狂った。

「ええ、ただいまご紹介に与《あずか》りましたこのたび、新潟ＯＣアイビスの監督を任されることになりました宇恵康彦です」

宇恵は緊張しながらセンターマイクに顔を近づけた。

「ええっと、ぼく、いえ、わたくしは皆様がご存知の通り、一昨年までは後ろにいる選手と同じ現役のプレーヤーでした。コーチ経験もありません。ですが、その分、選手と同じ立場になって、一緒に汗を流して、元気のいいチームで戦いたいと思っています。なにせわたくし自身、現役時代は……」

なにも言えなくなった。わたくしなどと言い慣れない言葉を使わされたせいで、用意していた原稿が頭の中から飛んでしまった。

会場がざわついたが、司会者が「それではここで新潟OCアイビスの新たなスローガンを発表したいと思います」と進行を早めた。

パーティールームの灯りが消えてピンスポットライトが回り、ドラムが鳴った。スクリーンに「思いやり野球」と大きな文字が浮かび上がった。

会場の方々からわざとらしい驚きの声が反響してくる。

「宇恵監督は野球というのは思いやりの下に成り立っているスポーツと考え、開幕直前に急遽、スローガンの変更を提案されました。それが『思いやり野球』です」

女性司会者が勝手に説明を始めた。「みなさん、覚えてくださいね。お・も・い・や・り……おもいやりです」

左手を右側から一音ずつ動かし、最後は手を合わせてお辞儀までした。完全にパクリやないか。それでも会場はやんやの喝采《かっさい》だ。

変更を伝えられたのは直前だが、ここまで用意周到にやるとは、ずいぶん前から計画が進み、リハーサルまでしていたのではないか。

これじゃ、選手も不安になるわな。心に思い浮かんだのは、最後のオープン戦後に監督室にやってきたキャプテン上野山の顔だった。

――監督、最後のあれはないと思います。

上野山に言われた時、なにを指しているのか分かった。最後のマウンドでの指示だ。自分でも中途半端だったと反省していた。

だからそのことを詫びた。だが上野山はそういうことではありませんと言った。

――監督は東野の顔を立て、だけども新人なのに自分の意見を主張している住吉も擁護《ようご》しようとしてああ言ったんだと思います。

――そうや。どっちの味方をしても片方は納得せん。

それで曖昧《あいまい》な指示になった。

――上野山は、際どいコースに投げろなどと言わんと、敬遠か勝負かはっきり決めた方がいいって、言いたいんやろ？

そもそも際どいところに投げられないからピンチになったのだ。だが、上野山の言いたいことは違った。

――監督はそんなこと決めなくていいと思います。

――決めんでいいって、ならどうやってあの場を収めるんや。

バッテリーが喧嘩《けんか》寸前だったのだ。放っておいても埒《らち》があかない。

――決めるのでしたら嶋尾コーチで十分です。監督が出てくるのでしたら『おまえらなにゴチャゴチャ言うてんねん、早よ投げろ』と叱り飛ばせばいいんですよ。監督が嶋尾コーチを差し置いて出てきた時、僕はてっきりそう言うのだと思いました。

以前の宇恵ならそう言っただろう。ピンチのたびに集まるバッテリーと内野手に、「ちゃっちゃとせいや」と外野からファンと一緒に文句をつけていた。

——そやけどそれでストレートを打たれたら、どないすんねん。東野は傷つくぞ。

——いいんですよ。なんで真っ直ぐやねん、ボケって叱り飛ばせばいいんです。

上野山はそれが当然のように言った。

——それならフォークか。それを打たれたら住吉が凹《へこ》むで。

——フォークを投げて打たれたら、フォークなんて投げよって、このバカたれが、でいいんです。

——どっちにしろ、わしはひどい監督やないか。

——僕らが求めているのはそういう監督なんですよ。うちのチームって、オーナーが強権的で、なんでも口出ししてくるじゃないですか。だからこれまでの監督は、オーナーの顔色ばかり窺って、それでチームがまとまらなかったんです。でも宇恵監督は、身勝手でチームのことを考えていなかった市木さんをトレードに出しました。実績のない若手も我慢して使っています。今度の監督はこれまでとは違うな、と僕らは感じ始めていましたから。

——そやけど、上野山は落胆しとるんやろ。

そう思いながら尋ねた。上野山一人の考えで来たのではないだろう。彼は選手全員の気持ちを察して監督室に直訴《じきそ》しに来たのだ。

――監督がジャガーズでホームランを連発してた頃、僕は東京セネタ－ズの控えの内野手で、話しかけることもできませんでした。それでもいつも堂々としていた監督は、ジャガーズの選手もが畏《おそ》れ多く感じているようで、『これぞ四番だ』と羨《うらや》ましく見てました。

――そうか、ありがとう。

礼は言ったが、今はその面影《おもかげ》もなく頼りないと言われているのだ。

――僕は監督というのは別に口は汚くてもいいと思います。おまえらが本当に困った時は守ってやるから、わしについてこい、そう背中で見せてくれれば僕らは思い切りプレーできます。

宇恵が上野山との会話を振り返っている間も司会者は引き続き、スローガンを変更した理由を説明していた。

「宇恵新監督は我々にこうおっしゃいました。野球は思いやりのスポーツだ。キャッチボールがそうです。受け手が捕りやすいところに投げることが、キャッチボールを始めた子供が最初に教わることですと。犠牲フライは全力でホームインすれば、打者は凡打にならず打点がつきます。リリーフした投手は残っている走者を帰さないこと。そうすれば前の投手に自責点がつかず、そこで仲間同士に思いやりが生じます。宇恵監督は我々に、野球がいかに思いやりを大切にするスポーツであるかを熱弁してくれました」

すべて代表の加賀谷の入れ知恵だろう。でなければ女性の司会者がこんなマニアックなことまですらすらと述べられるはずがない。

「今は自分さえ良ければいいという考え方が社会の潮流になっています。そういった時代だからこそ、さきほど会長の小此木が申したように、我がオアフコーヒーグループは全ショップ、そしてチームが一体となって思いやりを広めていきたいと思っています」

会場から割れんばかりの拍手が沸き起こった。ここで頭を下げて挨拶を終えればいいのだろう。だが引き下がるわけにはいかなかった。

「ただいま、説明があったように、今年のアイビスは『思いやり野球』でいきます。かと言いまして、戦う相手にまで思いやりで勝ち星を献上するようなことはいたしません」

用意していなかった言葉がアドリブで出た。会場はウケていた。

「我がチームのスローガンにしますが、思いやりを持つことと行儀よくすることは違います。野球はあくまでも戦いの場です。『いてまえ』『ど突くぞ』『ボケナス』『しばくぞ』……少々下品な言葉遣いが出ることはご容赦《ようしゃ》ください。監督のわしも、選手がたるんでる時は遠慮なく言いますんで」

言ってから会場に目を配った。政財界のお偉方も社員もマスコミも、口をぽかんと開けていた。視線を一周させて背後の小此木を見る。口を固く結び、眉間《みけん》に皺《しわ》を寄せていた。

「しばくぞ」と言ったからか、それとも自分のことを「わし」と言ったからか、その両方だろう。

「これもチームが戦っていくためではありますが、念のために小此木オーナーに質問させてください。チームが行儀よく振舞うことと、クライマックスシリーズに進出すること、そのどちらかを求めるとしたら、オーナーはどっちを選びますか？」

唐突に振られたことに困惑しながらも小此木は答えていた。だがマイクがないので会場まで声が届かない。

司会者が慌ててマイクを用意しようとしたが、宇恵は「わしがやります」と言って、センターマイクを外そうとした。うまく外せない。仕方なくスタンドごと持って、小此木の近くまで運んでいく。

「もう一度お聞きします。チームが行儀よく振舞うことと、クライマックスシリーズに進出するのとでは、どっちを選びますか」

マイクを傾けると、先が小此木の口に当たる寸前だった。小此木は喋《しゃべ》りにくそうに顔を後ろに反らし、「それは両方です」と答えた。

マイクを戻し「それでは答えになってません。どちらか一つを選んでください」と再度質問した。

スタンドごとマイクを傾けるやりとりに、会場から笑いが聞こえてくる。自分でも奇妙だと思うが、なんだか調子が出てきた。

「どちらかを選ぶなら、それはチーム成績です。クライマックスシリーズに出ると出ないとでは球団の収益は全然違いますから」

小此木は予想していた通りのことを言った。吝嗇家《りんしょくか》で、成績不振のたびに監督を代えてきたオーナーなのだ。これだけの人の前でCSに出なくていいとは言うはずがない。

「まっ、普通はそうですよね。承知いたしました」

宇恵はマイクスタンドとともにセンターに戻った。元あった場所に置くと「あ〜、あ〜」と喉《のど》の調子を整えた。

「事前の段取りではここで、『一年間、全力で頑張ります』と誓うてから、みなさんに『頑張ろう』と言うて、『頑張ろう』と返してもらうことになってました。せやけど、それではケツに力が入らず弱いチームのままになりそうなんで、少しアレンジさせてもらいます。最後にわしが言うた掛け声に続いてください、ほな、いきまっせ」

関西弁に変えたことで、この会場で宇恵一人が浮いているように感じた。だが構いはしなかった。これまでの野球人生、負けゲームだと白けきっていたベンチのムードを、自分の一打で変えたことは幾度もある。

「それではみなさん、ご唱和ください。やったるで〜」

左手でスタンドマイクを握ったまま、宇恵は右手を突き上げて叫んだ。

会場で返したのはまばらだった。選手も数人が言っただけだ。

「そんなんでは、アイビス、今年もまた最下位でっせ。ほな、もう一丁、やったるで〜」

叫んでから、ロックスターがやるようにスタンドごとマイクを会場に向けた。

さきほどの数倍の声が返ってきた。まだ物足りない。今度はスタンドを横にし、両足で思い切り踏ん張ってから叫んだ。

「もっと大声で。政治家の先生もご一緒に。そりゃ、やったるで〜」

マイクを出来る限り遠くへと向ける。

レスポンスはさらに大きくなった。

八十歳にはなっていそうな眉雪《びせつ》の政治家までが声を張り上げ、細い腕を突き出していた。

8

激励会は大いに盛り上がった。なのに翌日のスポーツ紙に書かれていたのは散々だった。

〈宇恵監督、オーナーに恥をかかせる〉〈小此木オーナー大激怒〉〈三年連続シーズン途中の解任は確実〉……激励会後に記者に囲まれた小此木は「大勢の来賓の前でクライマックスシリーズに出ると宣言されたのですから、きっと出てくれるのでしょう」とこめかみに癇癪筋《かんしゃくすじ》を走らせて帰ったそうだ。

開幕前日の紙面とあり、各紙ともに評論家の順位予想が出ていた。すべてのスポーツ紙の評論家がアイビスを最下位にしている。

ある新聞はアイビスの監督がいつ交代するかファン百人にアンケートしていたが、六月中が一番多くて、二番目は五月中だった。五月といったら開幕して一ヵ月ちょっとやないか。

今はブルズの本拠地で前日練習が行われている。

「しっかり捕れえや、この下手くそ」

「また打ち損じや、何回へぐってんねん」

コーチの気張った声が耳に入る。

「よし、もう一丁こい！」

「もう一球お願いします！」

選手がめげることなく元気な声で返しているのが、宇恵にはせめてもの救いだった。

第3話　とく別な一勝

1

ファンというのは気移りが早い。

一年前の引退式では「宇恵〜、いつか監督として帰ってきてくれ〜。おまえのこと一生応援しとるから〜」と一緒に泣いてくれた関西のファンが、今は一転して罵声を浴びせてくる。止むことのないヤジを聞き、宇恵はこの世界の厳しさを痛感していた。

「宇恵、やっぱりおまえには監督は無理やったんや、今すぐやめてまえ」

「アイビスをクビになっても、ジャガーズには戻ってくんなよ」

まったくひどい言われようや。

宇恵にとっては準地元である神戸での開幕戦とあって、スタンドはホームのブルズより、アイビスのユニフォームを着た観客の方が多かった。大阪ジャガーズ一筋で引退しながら、わずか一年で他球団のユニフォームを着た自分をファンは拍手で迎えてくれた。開幕セレモニーで宇恵が手を上げると、歓声は渦《うず》のように巻き起り、ホームで開幕戦を迎えたかのようで心強くなった。

開幕投手に指名したのは宇恵が「越後のカーショウ」と名付けた新外国人のブライトン・カーシーだった。オープン戦の好調を維持して六イニングをソロ本塁打の一失点に抑えた。追いかけるゲームだったが、嶋尾投手コーチは七回から杉本、榎本、東野の勝利のトライアングルを投入して、破壊力のあるブルズ打線に追加点を与えなかった。

だが打線が、去年のパ・リーグ最多勝投手の安川から再三チャンスを作ったものの、あと一本が出ず、〇対一で惜敗した。

二戦目、ジャガーズから移籍してきた左腕の東も、プロ初先発にもかかわらずブルズの強力打線を六回途中まで三失点に抑えた。打線は六回に敵失で一点、九回、一死一、三塁からキャプテン上野山の適時打で一点差まで迫り、なお一死一、二塁としたが、三番サードの西川が左飛、四番ファーストのサンティアゴ・ポコが三振し、及ばなかった。

そしてこの日の三戦目、ドラフト一巡目のルーキー石井が五回三失点に抑えたが、打線が二点しか取れずスイープを食らった。〇対一、二対三、二対三……一点差負けは監督の責任だ。スタジアムに来ていたほとんどの観客は、宇恵の未熟さが原因だと思っただろう。

「宇恵、おまえは昔から弱気なんじゃ。だから二千本もあと一本が打てなかったんや」

一九九九安打で引退したことまで悪口に使われた。

ファンが弱気だと不満を言っているのは三戦目の九回の攻撃のことだろう。二点差の九回、代打の森川《もりかわ》と一番の新宮が連続安打で、無死一、二塁のチャンスを作った。続く打者は十打数四安打と当たっている二番のキャプテン上野山。

対して三番西川、四番ポコ、五番北野のクリーンアップはノーヒットだった。宇恵自身も決めるなら二番の上野山だと思った。だがそこでチームスローガンとなった「思いやり野球」が頭を過《よ》ぎり、判断を鈍らせた。

上野山に強攻させたら、クリーンアップの三人は、自分たちは信用されていないと悲しく思うだろう。宇恵だってジャガーズで四番を打っていた頃に同じことをされたら、間違いなく腐っていた。

実際、三割、三十本以上を打っていた頃、監督は一死からでも宇恵の前で走者を得点圏へと進めた。打撃成績が下がった晩年は、宇恵の打席で平気で走者に盗塁のサインが出た。わしのことを信じてへんのか。そうした小さな腹立たしさが積み重なって不信感となり、首脳陣との軋轢《あつれき》になった。

もちろん二番の上野山のプライドが気になった。上野山は、去年犠打記録を更新した「バントの名手」だが、プロ野球選手でバントの記録を心から喜んでいる者はいない。上野山くらいになると、自分にもっと打力があればバントのサインは出ていない、と屈辱に思っている。

普段から必死に打撃練習に取り組んでいる上野山は、今はチームで自分が一番当たっている、だから俺に決めさせろ、そう思って打席に向かっているはずだ。

「監督、ヒッティングで行きましょう」

隣に立つチーフ兼打撃コーチの丸子が、手で口を隠して言った。

「そうやな」

宇恵も強攻させるつもりだった。だが滑り止めのスプレーを取った上野山はグリップだけでなく、バントの時に握るバットの中心部分にも吹きつけていた。僕は送りバントでもいいです――宇恵にはそれが上野山からのメッセージに感じられた。

「やっぱり送りでいく」

「あとの三人はノーヒットですよ」

「ノーヒットだからこそ、そろそろ出てもおかしないやろ」

丸子がサインを出すと、上野山は送りバントのお手本のような勢いを殺したゴロをサードの前に転がし、走者を二、三塁へと進塁させた。ベンチは盛り上がり、戻ってきた上野山をハイファイブで称える。さぁ、一気呵成《かせい》に逆転や――そう期待を膨らませたが、三番の西川は初球を打って左翼定位置への飛球。三塁走者が生還し一点差としたが、四番のポコは、相手守護神のストレートに一度もバットに掠《かす》らず三振に倒れて、ゲームセットとなった。

オープン戦では三割三分、七ホーマーを記録し、日本向きの優良外国人だと思っていたポコだが、研究されたのか開幕三試合は十三打数ノーヒット、三振六個とまるで中身が入れ替わったようだ。

2

神戸ドームの監督室に戻ると、開幕前日から監督専任の広報となった筒美《つつみ》まどかという若い女性が「監督、お疲れさまでした」とお茶を持ってきた。

はきはきとした口調でいかにも仕事ができそうなキャリアウーマン風である。

キャンプから宇恵に付いていた男性広報の母親が倒れ、看病のためにチームの遠征に同行できなくなった。そのため本社の会長室に勤務し、小此木が高く評価している彼女が急遽派遣されたのだった。

「新しく私が監督広報になりました。よろしくお願いします」

挨拶をしにきた時、宇恵はこんな美人が自分の広報になるのかと、少しどぎまぎした。目が大きくて、鼻筋が通り、少し盛り上がった唇がまた魅力的だった。監督専任の広報はマネージャー業務も兼ねるので、二人きりでいる時間も多くなる。

開幕戦のスポーツ紙は「アイビスに美人すぎる広報が就任」と書いた。

彼女が目立つのは美貌のせいだけではなかった。プロ野球の広報は、女性でもウインドブレーカーにジャージかスポーツパンタロンなのだが、彼女はいつもスーツのスカート、足元はスニーカーではなくパンプスを履いている。カメラマンは女性タレントでも来たかのように写真を撮りまくっていた。

だが、普通の若い女性とは落ち着き具合というか、仕事のこなし方というか、なにかが違うのだ。大人の色気と言ってもいい。本社の会長室から来たということは、もしかしたら小此木オーナーの愛人だったりして……？

記者たちも同じことを考えていたのだろう。「美人すぎる」のフレーズが、この日の夕刊紙では「宇恵監督の広報は愛人顔」に変わった。

さすがにその記事は読み流すわけにはいかんと、他の広報に「筒美広報の名誉のためにも厳重に抗議せい」と命じた。

だがその広報は「筒美さんから、私は気にしないからいいと言われました」と言ってきた。

愛人顔は本社でも言われ慣れていたのか。それとも本当に小此木の愛人だから抗議する必要はないのか。監督室に二人でいると、彼女のことばかり意識し、三連敗したゲームの反省に頭が集中できない。

「筒美くん、コーチ陣はどうしてる？」

宇恵はユニフォームを着たまま尋ねた。

「丸子コーチはスコアラーをコーチ室に呼び、次のシーホークス戦に向けての対策を練っています」

「さよか」

三試合とも打てなくて負けたものだから、丸子は責任を痛感しているはずだ。いや上山の打席で宇恵が送りバントにサインを変えたから、監督のせいで負けたと憤慨しているか。

「嶋尾コーチは？」

「きょう投げたピッチャー全員とキャッチャーに集合をかけました」

「またお説教か？」

「だと思います。嶋尾コーチ、きょうの最初のホームランを納得していませんでした。三球もフォークボールを続けたから打たれたのは当たり前だ、内角に一球見せ球を挟むべきだったと怒っていました」

野球経験がないのに彼女はやけに野球に詳しい、というより日ごとに詳しくなっていく。試合中も宇恵の横に立ち、宇恵やコーチが指示したことを事細《ことこま》かにメモに取っているので、それを読んで勉強しているのか。

ピッチャーはブルズの強力打線相手に三試合で七点しか取られなかったのだから上々だ。それなのに嶋尾はバッテリーを呼び、なぜ打たれたか注意する。昨日も一昨日もそうだった。

三点以内に抑えて文句を言われたら、投手はやる気をなくしてしまうだろう。この日の試合前、宇恵は「ピッチャーはようやっとるやないですか」と嶋尾に言った。

だが「好投したって負けたら意味ないですよ」と嶋尾はつれなかった。

試合前のバッテリーミーティングでは「打線に期待しないで、ピッチャーで勝て」と言ったらしい。

嶋尾が叱責《しっせき》すればするほどバッテリーは萎縮し、さらに「打線に期待しない」という言葉が野手の耳に入れば、打って投手に勝ち星をつけてやろうという野手の気持ちまで消える。ジャガーズが弱かった時がまさにそうで、投手がいいと打者が僻《ひが》み、打者が好調だと投手は「打った時だけ調子に乗るな」と不協和音が絶えなかった。まだ開幕してたった三試合だが、宇恵にはこのままでは野手と投手の心が離れていくように思えてならなかった。

「ちょいとロッカールームを覗《のぞ》いてくるわ」

嶋尾が説教しているなら、あまり投手を追い込まないでほしいと頼もうと思った。

「では私も参ります」

「きみはやめといたほうがええんやないか」

そう言って止めたが、「どうしてですか」と真顔で返された。

「そやかて選手は着替えてるわけやし、裸もおるし」

日本では新聞記者はロッカールームに入れない。関係者、しかも男性しか入ってこないとあって、タオルも巻かずにシャワー室から出てくる者もいる。

「別に平気ですよ」

赤面《せきめん》一つせずに言った。

「きみが構わんならええけど」

まるで男の裸なんて見慣れていますとも聞こえた。いかんいかん、考えると、ますます一緒に仕事ができんようになる。

本来なら、負けゲーム後は真っ先に招集し「切り替えて、明日仕切り直しだ」と言うのが監督の務めなのかもしれない。まして開幕三連敗したのだ。「この三試合のことは忘れて、明後日《あさって》の本拠地開幕戦から頑張ろう」と盛り上げることも考えた。だが宇恵はこの三試合、一度も試合後のミーティングを開いていない。

現役時代、負けるたびに熱くなる監督が鬱陶《うっとう》しくて仕方がなかった。選手だって腹の中は怒りで煮えくり返っているのに、「明日だぞ」や「切り替えろよ」と上から目線で言われると、そんなん分かっとるわ、と余計に気が立った。

誰だって負ければ落ち込む。何安打しようが、ホームランを打とうが、個人記録の喜びは薄れる。チャンスで凡退したり、失点につながるエラーをしたりした選手は尚更《なおさら》だ。「頭を切り替えろ」と命じられて、言われた通りに替えられる選手はこの世界では大成《たいせい》しない。

立ち直るためには、味わった悔しさを自分の体に刷《す》り込ませることから始めなくてはならないのだ。だから宇恵は打てなかったゲームは、試合後まっすぐ室内練習場に向かい、マシン相手に打ち込んだ。宇恵がそうしだしたことで、ゲーム後に素振りをする選手も出てきた。

長く素振りを続けると、指の感覚が麻痺《まひ》してバットを握った形のまま指が固まってしまう。そうなると自動販売機のジュースを買いたくても指が動かず、小銭も取り出せなくなる。

そういう時宇恵は「おまえはコーラか、ファンタか」と汗だくになった後輩にジュースを奢《おご》った。そうやってベテランと若手が一緒になって悔しさを共有した年は、チーム成績も良かった。

先輩にはそれ以上に自分に厳しい選手がいた。

宇恵が二十代だった頃の抑えの切り札だった投手は、逆転負けした時はどこにも寄り道せずに家に帰り、自分が打たれたゲームを繰り返しビデオで見たそうだ。

その先輩の話を聞いてから宇恵も、気晴らしで遊ぶのは無意味だと思い、夜の街に繰り出すのは勝ちゲームの時だけにした。

上がらない雨などない。だが、いつか晴れるだろうと待っている人間は、一流にはなれずに終わってしまう。どしゃぶりの雨の中で必死にもがき続けていく選手に、野球の神様は光が射すようにしてくれるのだ。選手にしたって、自力で苦しみを脱却したほうが自信になる。

栄光より低迷時代が長かったジャガーズは、そうやって負けを肥《こ》やしにしていった。今のアイビスはどうだろうか？　負けてはしゃいでいる者がいたら注意せなあかん、そう思って筒美まどかを連れてロッカールームに向かったのだが、心配は杞憂《きゆう》だった。はしゃいでいる選手は一人もおらず、どちらかというとしんみりしている。

近くに上野山がいた。

「キャプテン、最後は悪かったな。せっかくのええバントを得点に結びつけられんと」

気を取り直してもらおうと声を掛けると「しょうがないですよ。でも相手の守護神から一点取ったことは、次につながると思います」と言われた。悔しさは顔に出ているが、宇恵の采配を疑問視している様子はなかった。

監督は背中で見せてほしい――開幕前に上野山から言われた言葉は今も頭に残っている。おかげで、勝ったら選手、負けたら監督の責任やと腹を括《くく》れた。それでも上野山に強攻させようかと迷いが生じたのは監督が下手くそだからだ。

「監督、明日の本拠地練習前に選手だけでミーティングやります。みんなこの三連戦の結果を悔しく思ってますから、反省するところは反省して、きっちり出直します」

「そうか。よろしく頼むわ」

「それでは失礼します」

着替えを終えていた上野山は一礼してロッカールームを出ていった。

3

選手のことはキャプテンに任せて、宇恵は次はコーチ室に向かった。ロッカールームにも気兼《きが》ねなく入った筒美まどかは、普通に後ろをついてくる。

中から議論の声が聞こえた。チーフ兼打撃コーチの丸子と投手コーチの嶋尾のようだ。

宇恵は扉を開けたが、二人は目を向けただけで会話を続けた。

「いまのうちのチームは投手を含めたディフェンスで試合を作っているから競《せ》り合いにな

ってるんですよ。それは投手以上に住吉の貢献が大きいんです。キャッチャーを替えるなんて考えられません」

嶋尾がそう言うと、丸子が「住吉のリードが冴《さ》えているのは僕も理解してます。でも住吉の打力はプロのレベルに達していません。もっと打てるキャッチャーを使うべきです」と言い返した。年は嶋尾が八歳も上、だが立場は丸子がチーフコーチで上と、二人の関係は捻じれている。

口調は丁寧だが、突然どちらかが激昂し、取っ組み合いの喧嘩になっても不思議でないほど二人とも耳が真っ赤だった。

丸子が言っていたように住吉の打撃はひどいを通り越している。十一打数一安打、打率・〇九一。ヒットも当たり損ねの内野安打、凡退の内容は三振か内野ゴロがほとんどで、打球が外野まで飛んだのは一度もない。一番新宮、二番上野山が当たっているだけに、九番に打てる打者を置いて欲しいと丸子が願うのは理解できる。

「住吉は、バッティングは期待できませんが、こっちが教えたデータ通りにリードしています。肩にいたってはリーグのトップ捕手と比べても遜色ありません。

嶋尾も引く気配はなかった。リードの良さは失点の少なさで証明されているし、盗塁も二度走られて二つとも刺した。

「なら北野の腰がよくなったら使ってくださいよ。それまでなら我慢しますわ」丸子が妥協案を出すが、嶋尾は「北野にキャッチャーは無理ですよ。あんなガサツな男」とにべもない。北野は打てる捕手として、オフの日米親善野球にも選ばれたが、嶋尾は捕手としては買っていない。

「ここはＤＨ制があって、打ち合いになることが多いパ・リーグなんですよ。嶋尾コーチが前にいたセ・リーグのジェッツやセネターズとは違うんです」

丸子がそう言いながらもちらちらと宇恵を見た。このままでは言い負かされるので援軍してくれと願っているのだろう。

「僕はその二チームの前にパ・リーグの千葉マリナーズでも、二位進出からＣＳで逆転優勝させました」

嶋尾が胸を張って言った。そこまで実績を出されると、丸子はもう反論できない。丸子もコーチ経験は長いが、成績的にはＢクラスの、若い選手を育てるチームでコーチをやってきた。また横目で宇恵を見る。わしを見るな、マル。わしでも無理や――宇恵は視線でそう伝え返す。

「打線がいいチームなら一人くらい打てなくてもいいですよ。でもうちの打線は弱いんです。好投してるのに打線の援護がなく負けると、ピッチャーの気持ちも切れてしまうでしょうから、嶋尾コーチも協力してください」

宇恵が頼りにならないと思ったのか、丸子は自分が担当する攻撃陣の非を認める作戦に変えた。

だが嶋尾は「心配せんでも大丈夫ですよ、そのうち勝てますから」と軽く言う。

嶋尾には打線が復調できる兆しが見えているのかと思ったが、違った。

「ピッチャーが防御率を三点以内に抑えていれば、高い確率でAクラスに入れるんです。それは過去の歴史が証明しています」

どうやら嶋尾は打線には最初から期待していないようだ。丸子も黙ってしまった。

「いずれにせよ、捕手は住吉です。野球は点を取られなければ負けないスポーツですからね。私の意見は以上です。では失礼」

嶋尾はジャケットを羽織ってコーチ室を出ていった。

「すまんな、マル、おまえの味方できんで」

嶋尾の姿が消えてから宇恵は謝った。宇恵も嶋尾は苦手だ。年上ということもあるし、他チームで実績を出していることもある。一方的に言いたいことを言って、一切妥協しないことに、議論したところでどうせ言い負かされるだけだと、話す前から諦めてしまう。

「まぁ、責任はこっちにあるんですけどね」

打線のふがいなさが三連敗の原因だと自覚している丸子は、自分を責めた。

「せめてオープン戦と同じくらい打ってくれれば、九番なんて誰が打っても関係ないんです。せっかく投手陣に好スタートを切らせた嶋尾コーチに余計な口を挟むべきではなかったですね。問題は」

丸子がそう言いかけると、背後から女性の声で「サンティアゴ・ポコ選手ですね」と聞こえた。

筒美まどかだ。すっかり忘れていたが、コーチ室までついてきていた彼女は、ボールペンを走らせてメモを取っていた。

「きみ、今の俺らのやりとり、その手帳に書いたんか」

丸子が顔色を変えた。だが筒美まどかは、「もし監督が、あとであの時コーチがなにを話していたと言われたら困りますので」と事務的に答える。

「コーチが揉めてるのが外に漏れたらどうするんや」

「大丈夫です。私は情報漏洩《ろうえい》のミスなどしませんから」

きりっとした顔で言った。今度はチーフコーチと広報との言い争いが始まりそうだが、強そうなのは明らかに筒美まどかの方だ。

宇恵は彼女がメモを取っているのは、小此木オーナーに報告するためなのだろうと思った。丸子もそれを心配しているようで、監督から注意してくださいという顔で見られた。さすがに広報にまで言い負かされてしまうと、チーフコーチの立つ瀬がない。

「筒美くん、こういう内輪の話は、別にメモを取らんでいいわ」

目を吊り上げて反論されるかと思ったが、彼女は意外にも「分かりました。では今後はそういたします」とあっさり手帳を閉じた。

ボールペンもしまったのを見て、丸子は「三、五番も当たってませんが、四番のポコに一本出ていたら一つは勝てていたと思うんですけどね」と話を戻す。

「わしも同感や。きょうも九回の打席は、簡単に三球三振で終わったからな」

バットに当たらないという点では、九番の住吉よりひどい。

「もしかしたらポコは鳥目《とりめ》かもしれませんよ」

丸子が神妙な顔で言った。

稀に「鳥目」の選手がいる。当然、ナイトゲームになるとまるっきり打てない。とくに昼間に野球することが多いマイナーリーガーは、スカウトが調査できずに、日本に来て判明するケースがある。ポコも一度もメジャーに上がったことがない。

「せやけど、きょうはドーム球場での試合やぞ」

「鳥目がひどくなると、ドームの照明も見づらいって聞いたことがあります。でなければ考えられないですよ。オープン戦はいったいどこまで飛ばすんだっていうほどの特大ホームランをかっ飛ばしていたのが、今は狙っている真っ直ぐが来ても打てないんですから」

「全部、バットの出が遅れとったな」

「きょうの最後の打席なんか、キャッチャーミットに入ってから振ってましたよ」

そこまでは大袈裟《おおげさ》だが、ポコはとくにストレートの空振りが目立つ。

「ポコはなんて言うてるんや」

「本人に向かって鳥目かなんて聞けませんよ。『力み過ぎか？』と聞いたのですが、真面目な男で『ゴメンナサイ』と謝る一方でして」

一九八センチ、一二〇キロと巨漢のポコは、眉間に何本も皺が入った強面なのだが、目はクリクリして可愛い。巨体の選手にありがちな優しくて、引っ込み思案な性格をしている。

「ポコが使えんことになったら、えらいことやぞ」

「アイビスだからって、なにも主砲が鳥目でなくても」

丸子は冗談を言ったが、一緒に笑う気にはなれなかった。

アイビスの本拠地、新潟トキメキスタジアムは屋外球場なので、ナイトゲームは余計に打てなくなるだろう。明後日からの本拠地開幕カードもナイターだ。

そこで宇恵は横目で筒美まどかを見た。彼女は言われた通り、今の会話はメモしていなかった。こういう問題こそ正確に書き取って、小此木オーナーに伝えて欲しいのに……。

「分かった。明日、加賀谷代表に相談してみるわ」宇恵は仕方なくそう言った。

「よろしくお願いします。うちの打線は外国人頼みの面がありますんで」

「もう一人がまるで使えないポンコツだから、代表も考えてくれるかもしれない」

野手は二人獲得したが、一人は足のつま先が痛いと言って来日一ヵ月でアメリカに帰ってしまった。

コーチ室を出ると筒美まどかから「監督、きょうはご自宅に一泊されるんですよね」とスケジュールの確認をされた。チームはこの後、各自で新潟に戻ることになっている。開幕カードということもあり、一昨日、昨日はチーム宿舎のホテルに泊まったが、きょうは箕面の家に帰る予定でいた。

加賀谷と相談するとなると、明日ゆっくりと新潟に戻るわけにはいかない。

「これから新潟に戻るわ」

「ではすぐ飛行機を手配します」彼女はスマートフォンを素早く操作し、「伊丹《いたみ》空港十九時三十五分、全日空五一九便、プレミアムクラス、1Aの席が取れました」と報告してきた。

4

新潟空港から借りているマンションに着いた時には日曜の夜十時になっていた。一人で近くの定食屋で夕飯を取り、風呂に入ってベッドに入る。ぐったり疲れていたが、負けた三試合を振り返っていると、ああすれば勝てたかもしれないと、回り灯籠のようにゲームシーンが蘇り、睡眠を妨害した。鳥の鳴き声がしたことまで覚えているから、眠りについたのは五時か六時くらいか。

朝八時にセットしていた目覚ましが鳴り、飛び起きた。目を擦《こす》りながら、ワイシャツにジャケットを着て、その上にコートを羽織った。一年間のリース契約をしている日産フーガに乗り、合宿所や室内練習場などが併設されているアイビスタウンへと向かった。

外は冷たい雨が降っていた。いつ雪に変わっても不思議のないどんよりした雲が日本海の空を覆っている。今の気温は一度くらいやないか。四月に入ったというのにここにはまだ春は訪れておらず、新潟に桜が咲くのはもう少し先らしい。

天気予報では、この雨は練習が行われる夕方までには止むそうだ。だが明日もぐずついたままで、本拠地開幕戦の開始時刻、午後六時時点の降水確率は六〇パーセントもあった。途中から雪に変わる可能性もあるとか。

練習場の駐車場には一台も停まっていなかった。ファンもいないし警備員もいない。建物に入り、細くて直線の階段を上がって、二階の小会議室に行く。扉を開けると加賀谷球団代表がリモコンを片手に録画したゲームを眺めていた。

「あっ、監督、いらしてくれたんですか。嬉しいなぁ」

メガネのコレクターである加賀谷は、この日は細いフレームに長方形のレンズがついたメガネをかけていた。こういうメガネをつけると大概、嫌味な人間に見えるものだが、爽やかな青年風の加賀谷にはよく似合っている。

――監督、試合のない月曜日は前の週に起きたことを反省しませんか。僕は毎朝、九時にはアイビスタウンの小会議室で仕事をしていますから、監督もいらしてください。

開幕戦の前日にそう提案された時、宇恵は「なんで月曜の朝からそんなことせんといかんのや」と断った。

反省会をすることに異論はない。ただし、それは自分でやればいいことであり、球団代表から押し付けられるものではない。

だが一度は断っておきながら、こうして顔を出したのは不振のポコに代わる新外国人を獲得できないかと相談するためだ。

「嶋尾コーチはまだ来てないんですか」加賀谷と同じデータ好きの嶋尾を探した。

「来ませんよ。断られました」

「えっ、いつも、あんなに仲良う喋っとるのに」

オープン戦の終盤あたりから、二人で話しているのをよく見かけるようになった。

「話はしますよ。ですけど嶋尾コーチからは、月曜は自分のデータを整理しなくてはいけない、だから忙しいと言われました」

いかにも嶋尾が言いそうだ。

「これまでの監督は来られたんでしょ？」

「誰も来たことはありません」

「誘ったのはわしだけですか」

「そんなことはないです。二人の監督、一人の監督代行、僕は全員を誘い、全員から断られました。みんな言うことは同じです。月曜くらいゆっくり休ませろと」

普通はそう言うだろう。野球は二月のキャンプから始まり、日本シリーズまでいけば十一月の一週目までのマラソンレースなのだ。開幕から一気に突っ走るチームは皆無で、うまく力を抜いてリラックスして戦ったチームが、最後にビール掛けを経験できる。

「僕は宇恵監督が来てくれたことが本当に嬉しいです。それでは『反省の月曜日』を始めましょう」

加賀谷は嬉々とした顔で言って、再生ボタンを押した。〇対一で負けた第一戦の映像が流れた。

試合など見ず、データだけを見させられて結果論であれこれ御託《ごたく》を並べられるのだろうと気乗りせずに来たのだが、考えていた反省会とは違っていた。録画したゲームを流して二人でじっと観戦する。そして加賀谷は時々、「監督、教えてください」と質問してくる。

「一番の新宮選手、オープン戦ではけっこうな球数を相手投手に投げさせていたのに、第一戦の安川の時だけはすべて一球目を打ってます。それはどうしてですか」

一試合目の打順が一巡したところで、加賀谷が映像を静止させた。

「それは安川が制球力抜群のエースだからです。粘ったところでフォアボールの確率は低いです。それならカウントを取りに来るファーストストライクを狙えと、わしがコーチに指示を出しました」

「では第三打席はどうしてですか。一死一塁で初球、真ん中の球を見逃しています」

加賀谷は六回の攻撃まで早送りした。

「わしが一塁走者に青信号《グリーンライト》のサイン、つまりチャンスがあったら積極的に盗塁を狙えというサインを出したからです。そういう時の打者は、走者のために一球は見送るのが球界の流儀なんです。結果的に安川のクイックモーションが速すぎて、走れませんでしたが」

「なるほど、そういうことなんですね。勉強になるなぁ」

説明させられるのは鬱陶しいが、加賀谷が感心するので気分は悪くなかった。

必要のないシーンは、加賀谷は早送りで進めていく。逆に宇恵が気づくこともあり、

「あっ、代表、今の場面もう一度見せてもらえますか」と巻き戻しを頼んだ。

「なんや、こんな癖があったんかいな」膝を叩いた。二、三戦目に出てきたルーキーの中継ぎ投手だ。二試合とも完璧に抑えられた。

「癖ってどういうことですか」

「セットポジションをした時の右脇に注意して見ててください、はい、そこでストップです」右手をグラブの中に入れたところで加賀谷は一時停止した。「ほら、脇が開いている

でしょ。たぶんフォークです。無理に挟もうとするから脇が開くんです。回してください」ボールは打者の手元でストンと落ちた。「次の球」映像を進めさせる。「止めてください」右手をグラブに入れた。「今度は脇が閉まってるでしょ。たぶん真っ直ぐです」一五二キロのストレートだった。

「こんな単純な癖、相手チームも気づかないんですか？」

「調子がいいピッチャーというのはそんなもんです。本人も気づかんし、コーチも気にしません」

「宇恵監督は見つけたじゃないですか」

「わしが見つけんかったら他チームが見つけてたでしょ。それがプロの世界です。大活躍していた新人が、癖を知られてやっつけられる。そこで終わってしまう選手はなんぼもいます」

次の対戦では今回の借りを返せそうな気がした。加賀谷は映像を先に進めていく。結構早送りもしたが、三試合を見終わると正午を回っていた。三時間もゲームに集中していたことになる。

「ところで代表、ポコなんですが、ボールとバットが離れていて、さっぱり打てる気がしません。うちのコーチは鳥目じゃないかと心配してました」

「少しお待ちください」加賀谷はパソコンを操作し「鳥目ではないと思いますよ」と答え

た。

「獲得の際に検査でもされたんですか？」

「してません」

「ならどうして違うと断定できるんですか」

加賀谷はパソコン画面を宇恵に向けた。ページ全体にポコのデータが打ち込まれている。その中の一つに指を当てた。

「この数字を見てください。ポコ選手が三試合で相手投手に投げさせた球数、一打席平均で四・五球です。これはチームでは上野山選手に次ぐ数字です。しかも十三打席中、五打席はフルカウントまでいってます」

指を差して説明した。球数を投げさせたということは、ボールは見えていると言いたいのだろう。

「そんなら、なんでバットに当たらんのやろ」

「解読するためにもう一度、彼の打席を見ましょう」

加賀谷は再生した。第一戦の第一打席だった。一球目も二球目も安川の得意球の外角スライダーを見送っていた。手が出ないのではなく、ボールだと思って我慢している。

二打席目では外角からボールゾーンに入ってきたツーシームも見極めた。三打席目、ツーツーからの勝負球のスライダーにも踏み込んでいくが、バットを出さずに手首を止めた。

「よう球が見えてますね」感心してしまう。

「数字を見る限り、ポコ選手が空振りしている八五パーセントはストレートですね」加賀谷はパソコンで計算して言った。

「ちゅうことはストレートだけが見えてないってことですか？」

「僕には理由が分かりません。宇恵監督はなにか考えられることはありますか」

質問されたので、全打席見せてくださいと画面を動かしてもらった。

目をよく見開いて観察した。二試合目の第一打席もポコは一球目の外角低めへのスライダーは外れていると見送った。だが次の真っ直ぐは振り遅れてファウルになった。また外角の変化球を見送った。ポコのフォームがだんだん前屈みになっている。

「外の低めに変化球を集められたことで目付けが低くなっているのかもしれませんね」

フォームが小さくなると胸元の真っ直ぐはより速く見えて、自分は反応しているつもりでもバットの出が遅れる。

「そう言えばオープン戦の後半から外角低めばかり攻められていますね」加賀谷はパソコンを見て言った。「打ってますけど」

「それはストライクゾーンに投げてくれていたからでしょう」

大砲タイプの新外国人打者が来た時、どこまでバットが届くのかをオープン戦で試すのはプロ野球では常套手段《じょうとう》だ。オープン戦で届いたところより、シーズンに入るとさらに遠くを攻める。空振りするだけのポンコツ外国人とは違って、ポコは外角の変化球のコースをしっかり見送った。だが外に意識が集中するあまり、フォームが崩れていった。

「確かに背中がどんどん丸まっていくように見えますね。でも監督、これを戻す方法ってあるんですか」

加賀谷に聞かれた宇恵は「これから考えてみます」と答えた。

5

ミーティングルームを出たのは午後一時だった。ナイター練習は午後五時からなので一度マンションに戻った。一眠りしようとしたが、三試合も見たせいで目が冴えて眠れない。携帯を弄って耳に当てた。

〈へえ、あなたが朝の九時から反省会をやるなんて大変身じゃない。ホント、監督やって良かったわね、ちょっと見直したわ〉

瑛子には見直したと言われたが、遊んでばかりいた子供が受験勉強を始めたくらいにしか聞こえない。

「しゃあないやろ。代表からどうしてもやりたいって言われたら無下《むげ》に断るわけにはいかんし。こっちもいろいろ発見があって良かったけどな」

〈三試合分のビデオを見たんでしょ？　来週からはそれが六試合になるのよね〉

そうだった。今回は三試合で済んだが、来週は火水木の三試合も加わるから倍になる。きょうも目が乾いて途中で何回も目薬を点《さ》した。早送りする場面をより増やしてもらわないと耐えられないだろう。

〈でも月曜日に反省するのはいいことよ。カレン・カーペンターが物寂《ものさび》しげな声で『雨の日と月曜日はいつだって私を落ち込ませる』って唄うけど、私も一週間に一日くらい、振り返る日があってもいいと思うの〉

「なに、訳の分からんこと言うてんや」

スピーカーにしてテーブルに置いた携帯電話から、〈レイニー・デイズ・アンド・マンデーズ・オールウエイズ……〉と瑛子の鼻歌が聞こえてきた。カーペンターズもギター部だった瑛子から弾き語りで散々聞かされた。

〈でも監督と球団代表が月曜の朝からそうやって熱心に研究していたら、いいことあるわよ。明日あたり、勝てるんじゃないかしら〉

「まるでゲン担ぎのために出掛けたみたいやないか。わしは監督としてすべきことをやっただけや」

〈はいはい。そういえば見たわよ。宇恵監督の愛人のニュース〉

急に口調が変わった。夕刊紙が書いた筒美まどか広報のことだ。

「あれは夕刊紙のおふざけや。度を越していると厳重に抗議しろと球団に言うた」

〈そうよね。いくらなんでもあの広報さんに失礼よね。仕事で来させられたのに〉

「急に野球の現場に入れられて、スポーツ新聞のあこぎな連中の対応をやらされてるんやからな。しかも監督専任広報というのは、選手からはなんでも監督に報告するスパイみたいに見られる。精神的にもしんどい仕事やと思うで」

言いながらも、筒美が密告するとしたら、それは小此木に対してだろうと疑う気持ちは持っている。小此木の愛人疑惑は、日増しに強くなっていた。昨日の神戸でのゲーム後も、彼女は一旦、東京に戻り、東京で一泊してから練習開始までに新潟に来るそうだ。

〈それでも男の広報より女性で良かったんじゃないの。それにあんな美人さんなんだから。あなた、鼻の下伸ばしてデレデレだったし〉

「無能でも男のマネージャーの方が気が楽や」

否定したのに、瑛子には伝わらない。

〈別に私はあなたが楽しくやってくれればいいからね〉

「なにをおかしなこと言うとんねん。こない健全な生活をしとるのに」

月曜の朝からミーティングに出たのだ。パチンコやゴルフの練習場には行っても、月曜に試合のビデオを振り返ったのは初めてだ。

〈健全かぁ、本当かな〉

昔浮気を疑われた時のように首を傾けた顔が想像できた。こういう時ほど瑛子は笑い顔になる。だが顔はそうでも目は笑っていない。

「おまえこそ、一人になって新しい男でも作ろうとしているんじゃないのか」

〈それはいいわね。今はそういう時代みたいだし〉

「なんやて」

〈もしかして心配してんの〉声が弾んで聞こえる。

「なんで心配するねん、おまえごときに」

〈おまえごときって。フラメンコ教室でも、宇恵さんほど情熱的に踊る人はいないって言われてるのよ〉

「おまえには闘牛士の方がお似合いや」

〈じゃあ今度は闘牛習おうかな。そのためにはスペインに行かなきゃいけないから、ますます新潟に行けなくなってしまうけど〉

「別に来んでもええわ」

瑛子と話すといつも最後はおかしな方向にずれてしまう。それでも三連敗のいい気分転換にはなった。

6

予報通り、夕方には雨は上がっていた。選手は春到来にはまだ早い新潟の夜気に、白い息を吐きながら、ボールを追っていた。

守備コーチがノックをして、野手陣に芝生のバウンドやフェンスのクッションボールを確認させていた。嶋尾コーチが出番のありそうな先発、リリーフのすべての投手にマウンドから数球投げさせて、感触を覚えさせていた。

「監督、明日の天気予報、曇《くも》りのち雨だったのが、曇りに変わったみたいです。降水確率も二〇パーセントまで下がりました」

練習開始一時間前には来ていた筒美までもが、そう伝えてきた。近づいた時、長い髪からいい匂いがした。

最後に選手、コーチ全員が集まった。輪の中心で上野山が「行くぜ」と声出しする。みんな「ヨシッ」と腹に力を入れて返した。

とても開幕三連敗しているチームには感じなかった。このムードなら明日はやれるのではないか。ただしそのためには打線をなんとかせねばならないが。

本拠地開幕戦当日、監督室を出る前に宇恵は鏡を見て身なりを確認した。ユニフォームの後ろからアンダーシャツが出ていたので、両手で直した。

細いダッグアウト裏の通路を通った。まるで袖から舞台へと向かう役者になった気分だった。

扉を開けると明るい光が差し込んできた。「曇り、降水確率二〇パーセント」だった予報は大外れで、新潟は雲ひとつない晴天だった。

ダッグアウトの先には緑の人工芝が横たわっている。美しい野球場の光景だ。そのグラウンドに足を一歩踏み入れる。日本海から北風は吹いているが、気持ちを引き締めるにはちょうどいい冷たさだ。

メディアも多数駆けつけてきた。地元テレビの女性レポーターが笑顔で近づいてきて「新潟での最初のゲームはいかがですか」と尋ねてきた。宇恵は「いつも通りやるだけや」と顔を引き締めて答えた。つまらんコメントやと思うが、監督が浮かれていてどうするという思いの方が強い。

「おはようございます。監督、本日のメディアですが、新聞が全国紙、地元紙含めて十紙、雑誌が二誌、テレビはＮＨＫと民放すべてのキー局が来ています」

筒美まどかだ。広報としての連絡事項なのだが、スーツスタイルなので秘書のように感じる。「きょうもアイビスタイムで開始しました」

耳元で声を潜《ひそ》めた。五分前に練習が始まったということだ。こういう細かいことを報告する点も秘書っぽい。

ホームベース方向に目を向けると北野と硯の二人が早出の特打ちをやっていた。

「それくらい強いスイングでええんや。ほな、ラスト行こか」

打撃ケージの後ろで丸子も声を嗄《か》らしていた。七番レフトで使っている硯は一本出ているが、五番DHでスイッチヒッターの北野もポコ同様、開幕三試合ノーヒットだ。

それまで二人とも調子よくいい当たりで飛ばしていた。最後の一球、硯は左中間を抜いていったが、北野は打ち損じて内野への凡フライだった。

控えなら許されないが、レギュラークラスなら「もう一球お願いします」と頼むこともできる。だが北野は謙虚なのか言わなかった。

「特別サービスや、北野だけもう一球いっとこか」

ケージの外から丸子が指示した。そのおまけの一球を、北野は左翼スタンドに放り込んだ。

気持ちよく練習を終えたことに、北野は「ありがとうございます」と打撃投手と丸子に頭を下げた。嶋尾コーチから「ガサツ」と言われて捕手失格の烙印《らくいん》を押されていたが、手伝ってくれた仲間やコーチにはきちんと礼を尽くす男のようだ。

北野はボール拾いを手伝うと、自分が荒らした打席を、次の打者のためにきちんと均《なら》した。だがそこまでしたのに右打席からホームベースを横切って一塁側のダッグアウトへ戻ってきた。

「ちょい待ち」

宇恵は引き止めた。北野は宇恵の横で直立不動になった。

「いや、かしこまった話をするつもりはないんや。ただちょっと気になっただけや」

宇恵はそう言ってから感じた疑問を口にした。

「北野はなんでホームベースを踏んで戻ってきたんや。そういや、おまえ、試合中もそうするよな」

開幕カードはアウェーで三塁側ベンチだったため、彼が左打席に入った時に異様に感じた。普通は三塁側から左打席に入る場合、キャッチャーと球審の後ろを通って、打席に入る。北野は厚かましく捕手の前を通っていく。ベースも踏むし、バッターボックスのラインも踏む。

「それは新人の頃、ドミニカのウインターリーグで、向こうの選手がそうやっていたからです。真似したら結果が出て、日本に戻ってきてから一軍で使ってもらえるようになったんです。いわばゲン担ぎです」

「そやけどベース踏んだりしたら、ホームベースが汚れるやろ、そういうのは北野は気にせんのか」

「汚れたら審判が払ってくれるでしょうし」

「払ってくれん時もあるやろ」

審判も性格はまちまちだ。

「僕はとくには気にならないです」

おまえやのうて、ピッチャーが気にするんや。そう言おうとしたところで、嶋尾が「北野にキャッチャーは無理」と言った理由が分かった。

こういう前向きな性格は、打者としては凡打を引きずらなくていいが、投手の細かい心の変化まで気を配る捕手には向かない。

監督に注意されたことで、気が咎めたのだろう。「監督がやるなと言うなら、きょうからはベースを踏まないようにします」と言う。

「いいや、おまえがその方がヒットが打てるというのなら別に構わんけど」

ゲン担ぎも野球の立派な戦法だ。中には調子がいい時のバットやヘルメットは磨かないとか、連勝中はパンツを穿《は》き替えなかったという往年《おうねん》の名監督もいる。

そう思ったものの「やっぱりやめておいた方がええかな」と言い直した。「北野、徳を積むって言葉知ってるか」

「知りません」

北野は首を振った。宇恵が知ったのも現役生活の後半になってからだ。

「昔、甲子園で何度も優勝したことがある名門校がそれを合言葉にしてたんや。野球は紙《かみ》一重《ひとえ》が連続して起きるスポーツや。その紙一重がヒットになるかアウトになるかで勝敗も、選手が生き残れるかも決まる。その高校は紙一重がいい方になるかどうかは、日頃の行いで決まると考えた。だからそのチームの選手は、翌日着るユニフォームはきちんと畳んでから寝た。練習前に学校の掃き掃除したり、ベンチも磨いた。そうやって甲子園に出ても負けないチームへと進歩していった」

「一日一善ですね」

少し違うなと思ったが、「まぁ、姿勢としては同じやな」と答えた。

「そのチームの選手は、プロに入っても、結構な割合でレギュラーになって活躍した。さすがに掃除はせえへんけど、使った練習道具は、次に使う人のためにきちんと元あったところに返すとか、そういう心がけは続けていた。そういうのを見て、わしら関係のない学校出身の者も真似するようになった」

説教臭いなと思いながらも続けた。調子がいい頃にその話を聞いた時は、宇恵は「あほくさ」と耳を貸さなかった。だが現役の晩年は違った。守備位置につく時は、白線を正確に引く球場係員を慮《おもんぱか》って、ラインを踏まないように心掛けた。そうしているうちに、普段の生活でも車道に引いてある白線はひょいと飛び越える習慣がついた。

「一種の願掛けみたいなものやけど、わしらって、ファンを感動させて金をもろてるわけやろ。そのためにはこの選手は普段からこんな努力をしてる、こいつは野球のためにとことん突き詰めて生活してるとか、そういった背景まで見てもらうことも大事やと思うんや」

「そういうことに無頓着だったから僕は運が細いんですかね」

北野が小声で言った。

「おまえは運が細いんか」

「僕はまだ一度も優勝したことがないんです。高校は三年連続県予選決勝で負けて甲子園に行けなかったですし、大学でもリーグ優勝とは無縁でしたし」

北野の高校は奈良の甲子園常連校で、大学も東都の名門だ。日本一を経験していても不思議はない。

「そりゃ残念やな」

宇恵も甲子園には出られなかったが、大学とプロでは優勝できた。

「まぁ、徳を積まなかったから一流選手になれないってことはないけどな。わしの大先輩には、『人間が引いた線は信用できん。投手へのラインが歪んで見える』と、バッターボックスの前のラインを全部足で消して、それで三冠王になったバッターもおったしな」

二年連続三冠王を獲得した大打者だ。

北野も「それはあかんでしょう」と言う。

「ああ、プレーヤーとしては尊敬されてたけど、性格が相当歪んでたから、みんなからは嫌われてた」

「分かりました。きょうからはそういった小さなことにも気をつけてプレーします」

頭を下げて引き揚げた。これまで積み重ねてきたゲン担ぎを潰《つい》えさせたのだから、これできょうも北野にヒットが出なければ宇恵の責任だ。だが北野のこれからの野球人生を考えれば、悪いアドバイスではなかった気がする。

「監督、ご立派なご指導でした」

隣から声がしたのではっとして顔をあげた。筒美まどかがメモを取っていた。

「なんや、きみ、こんなこともメモするんかいな」

「はい。私自身にもいい勉強になりますし」

どうせ小此木に報告するためだろ。それでもこういう話なら伝わった方がいい。いかにも小此木が好きそうだ。

そこにカメラマンが忍者走りで近づいてきてシャッターを押した。彼らは宇恵と広報がツーショットになるのを待っていたのだ。この日の筒美はグレーのスーツで、タイトスカートにパンストを穿いている。靴はパンプスだ。だがパンプスはスポーツメーカーが出しているソールがゴム製のものだった。

通常の打撃練習が始まった。練習時間が決められているアウェーのゲームでは、レギュラー中心に五分ほど打って、控え選手は数球ずつの回し打ちになる。だが打撃ケージが二つ用意されるホーム球場では、控えから順番に二人ずつ入り、一人十分間の時間が与えられる。

スタンドから若手を応援する声が上がった。開場はホーム練習が終わってからだが、開幕戦とあってすでに観客を入れていた。ファウルボールが飛ぶたびに、係員が笛を鳴らして注意を喚起《かんき》する。

控えでは、ブルズ戦で、代打でヒットを打った森川のバットが振れていて、外野に鋭い打球を連続して飛ばす。この調子ならきょうも代打で使えそうだ。

控え組が終わり、レギュラー組が出てきた。最初に打席に入ったのは新人捕手の住吉だった。住吉はベースの後ろを通って、ラインを踏まないように跨《また》いで右打席に入った。足場を作る際も土がベースにかからないように気を配っていた。

「筒美くん、住吉って高校どこやっけ?」

筒美はポケットから選手名鑑を出して神奈川の名門校の名前をあげた。宇恵は高校を聞いただけなのに「甲子園に二回出て、一度全国優勝しています。大学でも日本一、社会人も都市対抗で優勝しています」と報告した。

なるほど、彼がアマ時代に積んできた徳の数はアイビスのいい武器になりそうだ。

だがいざ打撃練習が始まると膨らんだ期待は一気に萎《しぼ》んだ。グシャ、グシャ……打撃投手が投げる打ち頃のボールがすべてどん詰まりなのだ。三ゴロ、遊ゴロ、また三ゴロ、今度は投ゴロ……よくまぁ、スカウトはこんな選手を獲ったなとため息が出る。

住吉が終わると、続いて新宮と上野山の一、二番コンビが入った。スタンド入りするような長打はなかったが、二人とも内野手の間を抜けていくゴロやライナーを打ち返した。一、二番は好調を維持している。

次に三番サードの西川と七番の硯が入った。硯は早出特打ちの効果もあって、スタンド中段まで届く打球を放った。開幕三連戦は無安打だった西川も、調子は悪くない。

「よし、最後の組、行こか」

丸子の指示で、四番ポコと五番の北野が打席に入る。右打ち用のヘルメットを被っていた北野はこれまでとは異なり、ケージの背後から回り込んで右打席に入った。バントを五球やった後の最初のスイングで、左翼席にライナー性の打球を放り込んだ。

「おっ、早くも徳を積んだ効果が出てるやないか」

顔がおのずと緩《ゆる》んでしまう。だが明るい気持ちも次のスイング音で、一気に消え失せた。

「ポコ、どないしたんや」

隣で打つポコが、打撃投手が投げる打ち頃のストレートを空振りしたのだ。丸子も心配している。

「ポコ、一旦ストップや！　そうや、体を伸ばそう、ストレッチ。空に向かって体を伸ばして、そうそう、そうやって大きく構えて」

ポコのフォームが前屈みになっていることは、丸子も気づいていた。背筋を伸ばして構え直させるのだが、直したところで打ち始めると元《もと》の木阿弥《もくあみ》で、頭が下がっていく。外ばかりを投げられた残像が頭に残っているのだろう。そこへ真っ直ぐが来る。片手でも打てそうな甘い球だったが、バットの出が遅くファウルチップになった。五番がよくなったと思ったら、次は四番だ。

「ポコ、ちょっとタイムや」

見兼ねて宇恵が打撃練習を止めた。カモンと指を動かし、ケージ越しまで呼ぶ。

「通訳、来てくれ」

丸子がスペイン語の通訳を呼び、二人が宇恵の元に近づいた。ケージまで歩いてきたポコが宇恵の身長に合わせて体を屈めた。

いいアドバイスを思いついたわけではなかった。どう言えばポコが打てるようになるか、懸命に頭を巡らせる。右隣で聞き漏らさないように耳を近づける通訳より、左隣でメモの用意をしている筒美まどかの方が宇恵にはプレッシャーだった。

ここでおかしなアドバイスをしたのが小此木の耳に入れば、「徳を積む」の効果も帳消しになる。

だがスランプの打者が急に打てるようになる魔法の言葉などない。しばらく悩んでいると、目の前を虫が飛んできた。宇恵はそれを一発で仕留めた。

「ナイスデス、ボス」

目を細めたポコが日本語で言ったことで、アドバイスが浮かんだ。

7

甘い球や——投手が投げると同時に、宇恵は叫んだ。ポコは高めのストレートを打ちに行く。だが捉え損ねた。「あ〜真ん中やったのに」宇恵は地団駄を踏んだ。打球は一塁側のベンチに飛んできた。

「避《よ》けろ、筒美くん」

宇恵は彼女の腕を摑んで自分の方向に引き寄せた。筒美が立っていれば肩に当たっただろう場所を打球は通過していった。

「あ、痛っ」

宇恵はうめき声を上げて手を払った。ベンチの壁で跳ね返ったボールが、宇恵の右手に当たったのだ。

「大丈夫ですか、監督」丸子が寄ってきた。

「跳ね返りのボールや、なんてことない」指先が痺れていたが、やせ我慢した。

「それより大丈夫やったか、筒美くん」

「はい、監督のおかげで助かりました」

目の前で屈んでいた筒美まどかに左手を出して立ち上がるのを手伝う。出てきたカメラマンに写真を撮られた。

「監督、手が腫《は》れてるじゃないですか、すぐ氷持ってきます」筒美まどかが動こうとする。

「大丈夫や、トレーナー、コールドスプレー持ってきてくれ」

「はい」

ベンチがてんやわんやしているところに、歓声が沸いた。ベンチでも何人かが立ち上がった。だがその声は嘆きに変わる。ポコの高く上がった打球を左翼手は少し後退してグラブに収めた。

「監督のアドバイス、効果は出てるんですけどね」

丸子がそう言ってくれるのがせめてもの救いだ。ポコはバットに当たるようになった。

だがヒットにならなければ意味はない。

――ポコ、キュラソー島に蚊っておるか？

スペイン語で聞いた通訳が「いるそうです」と答えると、宇恵はポコができそうなスランプ脱却法を伝授した。

――蚊って、飛んでいるところを叩こうとしてもなかなか捕まらへんやろ？　それは蚊が人間の気配を察知して、急にスピードを上げるからや。だからわしは蚊が飛んでるとこより上側を叩く。そうすると蚊はまんまとわしの術中に嵌まって、イチコロや。

蚊に刺されると、痣《あざ》のように皮膚が赤く腫れる瑛子に頼まれ、宇恵は夏がくるたびに蚊を追い掛けた。そのうち、この必殺作戦を摑んだのだ。

「ボールの上を狙わせたことで、背筋を伸ばしてボールを待てるように戻りましたけどね」

「バットに当たるようになったけど、まだ芯ではないわな」

トレーナーからコールドスプレーを吹き付けてもらいながら宇恵は嘆いた。

ポコの後、五番北野と六番林《はやし》も凡退して七回は無得点だった。先発した二年目の久保が七回まで、立ち上がりに打たれたスリーランによる三点に抑えているものの、打線は上野山、西川の連続タイムリーによる二点のみで終わっている。七回を終わって二対三、このままだとまた一点差負けだ。

嶋尾コーチは負けている展開にもかかわらず八回から杉本を登板させた。杉本は四試合連続になる。大丈夫かと心配になるが、嶋尾コーチが厳しい顔で「攻めていけよ。フォークで逃げたりするな」と叱咤し、杉本が頷いているのを見ると、信じるしかなかった。彼らだって勝ちたいから頑張っているのだ。

「監督、少し腫れてきてますから、やっぱり保冷剤を持ってきます」

筒美まどかに言われたが、「あっこから氷を取ってくれ」とクーラーボックスの氷を二個もらって握った。体が熱くなっているせいか氷は瞬《また》く間に溶け、水が滴《した》り落ちる。タオルをもらおうと思ったが、ポケットからハンカチを取り出した。試合前に「監督、奥様から宅配便です」と言われて筒美に渡されたのだが、入っていたのは白いハンカチだった。

——女が出来た時は、私に木綿のハンカチーフ贈ってね。

瑛子はそう言っていた。それが逆に送ってきたということは、瑛子に男が出来たのか。まぁ、ええ。今は試合に集中や。あとで考えればいい。

八回、杉本は三者凡退に抑えた。その裏のアイビスも相手のエラーに二つの四球を絡めて二死満塁とするが、三番西川はいい当たりの三塁ライナーに倒れ、無得点に終わる。たった一点なのにホームがすごく遠い。

九回表の守備、嶋尾は「榎本でいきます」と言ってマウンドに向かった。中継ぎ左腕の榎本も四試合連続だ。

「ピッチャー、榎本」宇恵は球審に、左のサイドスローの真似をして伝えた。使いすぎだとヤジられるかと案じたものの、アナウンスされて榎本が出てくるとスタンドは盛り上がった。ファンも新生アイビスの記念すべき一勝を待ってくれている。

榎本は三者凡退に抑えた。シーホークスの抑えは二年連続セーブ王のゴトフスキーだが、左の中継ぎエース中宮《なかみや》が上がった。

「四連投は避けたかったんでしょうね」

丸子が言った。開幕カード三連勝のシーホークスは三試合ともゴトフスキーを出していた。だがアイビス戦だから温存させたのだ。他のチームなら出している。

舐めよって――腹が立ったが、九回は四番のポコから。ポコは倒れたとしても、ワンアウトからどう攻略するか、代打の使いどころを考えていると、快音とともに地鳴りのような歓声が沸き上がった。

ポコが中宮の初球のストレートを捉えたのだ。今度は文句なしだった。ポコの打球は、星が舞い散る新潟の夜空に流れ星のように伸びていき、左中間の場外へと消えていった。

「よっしゃ、追いついたぞ」

最初に万歳したのが宇恵だった。選手も握り拳を作ってポコを出迎えにいく。四試合目にして初めて同点にした。ポコも嬉しそうだ。はにかんで次打者の北野とハイタッチする。ベンチで最初に待っていたのが宇恵だった。宇恵は「おりゃー」と叫んだ。ポコは驚いて体を竦《すく》めた。そこで宇恵が両腕を開いて抱きついた。

「ようやったぞ、ポコ」

「サンキューボス」

苦しいほど強く抱きしめてきた。

「まだまだ同点や。一気に逆転するで」

そう言うと全員が反応した。次は北野だ。すでに一打席目に今季初ヒットを放っているので楽な気持ちでいるはずだ。

左投手とあって北野は右打席に向かう。球審の後ろを回り、ラインを踏まないように打席に入る。ええぞ、北野、徳は積んどる、心の中でメッセージを送る。初球から真ん中にきた。北野は真っ芯で捉える。打った瞬間、「あかん」と宇恵は顔を押さえた。

センター真正面のライナーだった。だが沈んでいたスタンドが急に盛り上がった。ベンチも騒いでいる。

「なにがあったんや」目を覆ってしまった宇恵が聞くと、丸子が「センターがボールを弾きました」と言った。

続く六番・林には送りバントのサインを出した。林は一球で決めた。七番の硯は八球粘った末に四球で歩く。一死一、二塁となった。

八番の宮本《みやもと》のところで、宇恵の隣で言い争いが聞こえてきた。丸子が「森川、次の住吉のところで代打でいくぞ」と指示したが、嶋尾コーチが「住吉を代えられては困ります」と異議を唱えたのだ。

「なに言うてるんですか、嶋尾コーチ。サヨナラのチャンスですよ」

「今のうちの投手陣は住吉のリードでもってるんです。同点ですからまだ引き分けまで三イニングチャンスがあります。うちはまだ東野が残ってるんですから」

嶋尾に引く様子はなかった。投手陣のリズムを捕手の交代で崩したくないのだろう。

「そんな弱気でどうするんですか。せっかく流れがこっちに来てるんです。サヨナラを決めなきゃまた向こうに行ってしまいます」

普段は年上の嶋尾に遠慮している丸子もいきり立っていた。

そこでまた悲嘆の声がした。宮本は鋭く打ち返したが、三塁手正面のライナーだった。

「ハードラック！」宇恵は天を仰ぐ。だが引きずっている時間はない。すぐに丸子から「監督、代打でお願いします」と決断を迫られた。森川もヘルメットを被り、手袋をして素振りルームから出てきた。嶋尾の顔を見る。嶋尾は険しい顔で首を左右に振った。

本当に迷った。二人とも言っていることは正しい。考え尽くしたところで、ここに不正解はない。どちらかの判断を支持すれば、もう一人の顔が潰れる。

悩んでいるうちに住吉が勝手に打席に向かった。代打がヘルメットまで被って出てくると、打撃に自信のない打者は潔く引っ込むものだが、住吉は打つ気満々だった。

「マル、ここは辛抱してくれ」けっして流されたわけではない。自分の決断として言った。丸子は不服そうだった。ファンからも「宇恵、あたけてねぇで仕事せぇ」とヤジられた。

「誰か、今ヤジったファンに『ふざけてへんから、終わるまで帰るなよ』と言うてこい」

何人かが笑った。シーホークスに戻りかけた流れを少しは止めたかもしれない。ベンチが明るくなった。

「住吉、向こうは浮き足だっとるぞ。おまえが実はすごいバッターやちゅうのを見せたれ」

丸子が声を飛ばす。選手も「本気だしたれよ、住吉」と続いた。

一球目、中宮は大きなカーブを投げてきた。住吉はそのカーブをセーフティーバントした。

三塁前に転がる見事なバントだった。サードは素手でボールを取って、下手で送球する。一塁手のミットに収まった時、ヘッドスライディングした住吉の体はベースの上まで届いていた。

「よっしゃあ、満塁や」

嶋尾が「あ、なにやってんだ」と三塁方向を指した。二塁走者の北野が三塁ベースをオーバーランしていたのだ。

ファーストから捕手にボールが送られる。三本間に挟まれた北野を捕手が追いかけていく。

目を覆いたくなった。盛り上がった観客席もため息で包まれる。だがそこで「やった！」と選手が騒いだ。

捕手からの送球が三塁手の頭を越え、ボールは左翼方向に転がっていったのだ。

「サヨナラだ」

みなが一斉に飛び出した。サヨナラのホームを踏んだ北野が揉みくちゃにされた。北野が「ヒーローは俺じゃない。住吉だ」と指差し、一、二塁間でぽつんと立っていた住吉に向かう。住吉を囲み、尻に蹴りを入れ、ボトルのアクエリアスを頭から掛けて祝福していた。

勝ったという実感はなかった。こんなドタバタした勝利、喜んでいいのか。だが隣の丸子から「監督、おめでとうございます」と言われて握手された。まだ手に腫れは残っていたが、痛みは感じなかった。

丸子の後ろからさらに大きな手が出てきた。嶋尾コーチだった。「しょうもない勝ち方でしたが」宇恵は恐縮して手を握った。丸子ほど喜んでいるふうではなかった。それでも「一勝は一勝ですよ」と言われた。

一塁側ではしゃいでいた選手が戻ってきた。宇恵はベンチの前まで出て「お疲れさん、みんなようやった」と称えた。ポコ、硯、西川、住吉……さらに頑張ってくれていた杉本、榎本、東野のリリーフ陣と先発した久保。それにこの日はベンチ入りから外れて上がりだった東、石井の両先発投手もベンチ裏に残っていた。宇恵は一人ずつと喜びを分かち合った。

最後に、選手の輪から離れてレフト方向に行った北野が戻ってきた。

「監督これ」

ボールを渡された。外野を転がったウイニングボールを拾いに行ってくれたようだ。

「これからも勝ちますけど、一応、メモリアルですから」

「ありがとう」宇恵は受け取った。

「監督が、徳を積むことを教えてくれたおかげです」

「まだちっちゃい徳や。これからようけくる」

宇恵が応えると、北野は目尻に皺を寄せた。

ベンチに戻ると筒美まどかが「監督、お疲れ様でした」と頭を下げた。彼女も感動しているようで目を赤く腫らしていた。宇恵は「ありがとう」と礼を言い、彼女の横を通過しようとした。

「監督どこ行くんですか。これから勝利監督インタビューですよ。テレビも新聞記者も待ってます」

「ちょっとトイレや」

ボールを握ったまま、男子トイレに入る。

ドアを閉めると歓声が遮断された。

鏡の前で改めてウイニングボールを眺めた。プロ初アーチ、百号、二百号、三百号……記念のボールはたくさん自宅に飾っているが、それらとは重みが違う。このボールには選手全員の「徳」が、糸巻き状になって詰まっている。

尻ポケットに手を突っ込み、瑛子が送ってくれた手触りのいいハンカチを出した。鏡を見て目頭を拭き、ハンカチでボールを包んだ。

第4話　鬼の謎かけ

1

人生には三つの坂がある。「のぼり坂」「くだり坂」そして「まさか」。

昔、総理大臣がしたり顔で話していた時は、しょうもないダジャレやな、と呆れていたのだが、野球のペナントレースで、その「まさか」を経験するとは思いもしなかった。

アイビスは四月、五月と勝ちゲームをしっかりものにして貯金を最高「9」まで増やし、二位につけた。その時はまさしく上り坂をグングンと登っていくほどの爽快感で、「アイビスの最下位は二百パーセント決まってますよ」とテレビで断言していた大御所の評論家からも、「あっぱれ！」と褒められた。

　ところが交流戦が終わった六月中旬から四連敗と下り坂が始まり、あっと言う間に二位から四位に転がり落ちた。その時は四番のポコが死球で欠場していたこともあり、まぁ、そのうち坂も止まるやろと気楽に構えていたら、ポコが戻ってきて二連勝した。さぁ、ここから巻き返しや。そう前向きになった途端に今度は五連敗したのだ。これこそ予期せぬまさか……ポコは元気やし、他に主力にけが人も出ていない。なのにさっぱり勝てない。

「嶋尾コーチ、その言い方はないんやないですか。『もう少しチャンスをしっかり』って、この連敗は野手が打たんから、と聞こえますよ」

　嶋尾の説明の途中で割り込むように丸子が物を申した。嶋尾も訂正すればいいものを
「ここまでチームを支えてきたんは投手です。僕は投手が苦しんでいる時こそ野手に助けてほしいと頼んでいるんです」と頼むと言ったわりには大きな態度で、言いたいことを曲げないのはいつものことだ。

「ですけどピッチャーが疲れてるんは、嶋尾コーチが無理遣いしたからでしょ」

「おい、マル」宇恵が注意したが、丸子は聞かずに「そりゃあんだけ毎日投げさせれば誰かてへばりますって」と門外漢が言ってはいけないことを口にした。

　冷静な嶋尾も気色《けしき》ばんだ。

「僕がピッチャーを壊しているような言い方はやめてください。うちみたいなチームは試合で投げ、結果を残して自信をつけるしかないんです。それでも僕は選手が一年間通して

投げられるように使ってるつもりです」

「シーズンの半分も消化してへんのに、杉本四十三試合、榎本四十試合、東野三十七試合ですよ。このままやとうちは、三人同時にシーズン最多登板記録の九十を破るんやないですかね」

丸子が皮肉る。だが嶋尾に「打線が爆発して楽な試合をしたら、彼らを出さんで済むんですけどね」と皮肉で返され歯軋りした。

「まぁまぁ、お二人とも、うちはまだ二位なんですから、内輪揉めはやめましょう」

黒縁のメガネを掛けた加賀谷球団代表が間に入り、仲を取りもった。

場所はアイビスタウンの一角にあるミーティングルームだ。月曜の午前九時、加賀谷が提唱した「反省の月曜日」に、五月の交流戦から嶋尾、丸子の両コーチも参加するようになった。もちろん宇恵も開幕から欠かさず出ている。おかげで箕面の自宅にはしばらく帰っていない。

思えばあの交流戦が坂のてっぺんだった。ポコ、北野が本塁打を連発、新宮、上野山の一、二番も高い出塁率でチャンスメイクした。ジャガーズから獲った二軍の本塁打王・硯は打率は二割二分と低いが、本塁打は二桁に乗せスラッガーの才能が開花した。先発投手が五回を三失点までに抑え、六回を細かい継投でやりくりし、七回から杉本、榎本、東野の「勝利のトライアングル」で逃げ切る。勝ちパターンが確立できたことで、宇恵がとくに奇を衒《てら》った采配を取らなくても、コーチ、選手に任せていれば良かった。

中でも交流戦最後のジャガーズとの三戦目はこれ以上ないほどの痛快な勝利だった。

ジャガーズは宇恵がトレードに出した市木を先発させた。今季は六勝二敗、この時点で宇恵たちが予想した「五勝」を上回る好成績だ。

アイビス打線は六回まで、市木の巧みな投球術の前に無得点に抑えられていた。

だが七回の攻撃前、キャプテン上野山が円陣を組み「市木さんに俺らが成長したことを見せてやろうぜ」と盛り上げ、打線が奮起した。六連打を含むヒット八本、大量七得点で市木をＫＯしたのだ。それが翌週からリーグ戦に戻ると、投手陣が崩れ出し、打線もタイムリーが出なくなった。

「代表のおっしゃる通りですよ。せっかく『アイビスはチームが一体になって奇跡のドラマを作っている』とメディアも評価してくれているんです。それを月曜の朝から嶋尾コーチと丸子コーチが対立すると、それが選手に伝わってチームの雰囲気が悪くなってしまいます」

監督専任広報の筒美まどかも二人を宥《なだ》めた。彼女も五月から「反省の月曜日」に参加している。車の免許がない彼女を宇恵が愛車のフーガで迎えにいく。反省会に出席する時はほとんどすっぴんで、髪を後ろで束ね、コンタクトからメガネに替えているため急にプライベート感が出る。一度、宇恵の車の助手席に乗り込むところを写真週刊誌に撮られ「宇恵監督と美人すぎる広報、恋のフーガで行き帰り!?」とふざけた見出しをつけられた。

「投手が疲れてるんは分かっているつもりやし、ここまで成績がいいのも投手陣が引っ張ってくれているからやと感謝してます」

丸子が謝った。嶋尾も言いすぎたと謝ればいいのに、憮然としている。丸子はまた気を悪くしだした。

丸子はここ最近、あまり元気がない。その理由は、アイビスの好調の要因が十二球団トップの防御率にあると伝え聞いた小此木オーナーが「チーフコーチは丸子コーチではなく、嶋尾コーチにすべきです」と命じてきたからだ。

そんなことをすれば丸子の顔が立たないと、宇恵は加賀谷代表に断固拒絶してくれと頼んだ。だが加賀谷からは「オーナーは一度言い出したら聞きませんし、拒否すると、今後戦力を補強したい時に協力を得られません」と説得された。さらに小此木の愛人疑惑のある筒美まどかからも「嶋尾コーチにチーフの肩書きが移るだけで、丸子コーチの仕事が変わるわけではないですからこれくらいは聞いておいたほうが得策です」と言われた。

さすがに丸子から「チーフ」の肩書きを奪うのはかわいそうだと、嶋尾を「ヘッドコーチ」にした。それでもマスコミは「宇恵―嶋尾体制でチームを結束、アイビス、初のクライマックスシリーズへ」と書いた。その新聞を寂しそうに読んでいた丸子に、「すまんな、マルフ」と宇恵は心の中で詫びたのだった。

2

火曜日の千葉マリナーズ戦も苦しい戦いだった。先発した新人の石井が二回までに五失点して早々と降板した。ブルペンも調子が悪い。打線が奮起して七回に四点を取り、七対七と追いついた。ところが八回に投げさせた杉本が誤算で、満塁ホームランを打たれて突き放される。これで六連敗、貯金はついに「1」まで減った。

「宇恵、ちっとばか成績がええからって、てんごかいてんでねえ。選手をぼっこすな」

スタンドから調子に乗って杉本を壊すなとヤジられた。褒められている時の方言はよく聞き取れないのだが、けなされているのは分かる。

嶋尾コーチから「杉本でいきます」と言われた時、宇恵は「きょうはやめましょう」と止めようとした。杉本は去年のこの時期はジャガーズの育成にいた。それがアイビスでは七回のセットアッパーを任され、十二球団最多の登板数に達している。だが止めたところで聞く嶋尾ではない。「チームが勝つためにやっている」と正論を言われるだけだと、球審に「ピッチャー、杉本」と告げた。

可哀想なのはベストピッチができなかった上、満塁ホームランを打たれて黒星がついた杉本だ。

「なんで真っ直ぐでズバッといかんのや。フォークだけで抑えられると思ってんのか」

萎《しお》れて戻って来た杉本を、嶋尾は容赦なく説教していた。

そこに捕手の住吉まで呼ばれて叱られる。マスコミからは理論派と呼ばれる嶋尾だが、選手の前では関西弁で口が悪い。身長も一八七センチと大概の選手より高く、顔が厳《いか》つくて、態度も言葉も威圧的なため、選手は萎縮する。これでは怒られているうちに自分はダメな選手だと思い込んでしまう。

「でもストレート二球で追い込んだわけですし、あの場面での勝負球は真っ直ぐよりフォークだと思ったのですが」

驚いたことに住吉が反論した。だが「そのフォークを打たれとるやないか」と断罪されると黙った。

「フォークばっかりの杉本が、真っ直ぐ二球で追い込んだんや、バッターかてそろそろフォークやと読んでただろう、最後も内角真っ直ぐにドスンでええやないか。そしたら打者かて呆然と見逃しや」

ドスンという声と同時に右拳を左の手のひらに打ち込んだ。声と音が混じり合って、若いバッテリーの背中が跳ねた。嶋尾の前では期待の若手も蛇に睨まれた蛙だ。

逃げのピッチングは嶋尾がもっとも嫌うことだ。その考え方には宇恵も同調しているし、嶋尾のきびしい指導法は高く評価している。

ただどの投手も疲れが出ていて、四月、五月のようなスピンの利いたストレートを投げられなくなっている。住吉だって今の杉本の球威では、カウントは取れても決めることはできないと思い、それで狙われているのを承知でフォークを要求したのだ。だがいくら主張したところで嶋尾は絶対に折れない。それが嶋尾の良さでもあり、欠点でもある。

「なぁ、上野山、あの光景を見てどう思う？」

嶋尾たちから離れた場所で、宇恵はキャプテンの上野山に尋ねた。

「今の若い子にはあれくらい厳しくやったほうがいいんじゃないですか」

チームの引き締め役である上野山は、嶋尾のスパルタ教育には肯定派だった。それでも「もう少し普段の生活でフォローがあってもいいとは思いますが」と言った。

上野山によると、嶋尾は、選手と野球以外の会話は一切しないらしい。ミーティングと試合中しか声を聞かないので、若い選手は嶋尾をただ怖いだけの存在だと思い込んでいるというのだ。過去には嶋尾に何度も説教されているうちに、イップスになってストライクが入らなくなった中継ぎ投手がいたり、嶋尾の前だとシャックリが出て、まともに喋れなくなった選手もいたそうだ。

言われてみれば、宇恵にしても嶋尾と野球以外の話をした記憶がなかった。

3

ゲーム後、監督室に丸子を呼んだ。

「嶋尾コーチって、もう少し選手と仲良うできんもんかな」

「あの人が選手と仲良くできる薬を発明できたら、世界中の独裁者に飲ませて、この世から戦争がなくなりますよ」

丸子は両手を挙げた。

「嶋尾コーチって家族いるよな」

ふと疑問に浮かんだことを口に出した。嶋尾の自宅は東京にあり、今は宇恵や丸子と同様に、新潟に一人で仮住まいしている。結婚しているかどうかも聞いたことはない。

「子供はいませんけど、奥さんはいますよ。それがどうしました？」

「嫁はんも災難やろなと思って。きっと東京に帰るたびにガミガミと嫁にもきつく当たってるんやろ」

「それが嶋尾さんを上回る鬼嫁やそうですよ。嶋尾さんが『1』言うたら『10』返してくるような」

「ほんまかいな」

「ですけど超のつく美人らしいですけどね。前の球団にいた先輩が嶋尾さんと同じチームにいたことがあって、『あんな美人な嫁さんが家におったら、俺はゲーム終わりは絶対に寄り道せんと帰る』と羨ましがってましたから」

「なんやねん、そのどうでもええ情報」

あの嶋尾が鬼嫁に言い負かされていると知って少し気が晴れたが、人も羨む超美人と聞いて急に白けた。恵まれた私生活を送っているのに、よくここまで捻《ひね》くれられるものだ。

「筒美くんは、あのヘンコな嶋尾コーチになにかいいアイデアはないかな？」

「選手に優しくさせる方法ですか」

いつものようにメモを取っていた筒美まどかが顔を向ける。

「優しくは無理でももう少し選手に寄り添って話してもええやろ。厳しいのはいいけど、今のままではただの鬼軍曹や。選手の心は離れていく一方やと思わんか」

本社の「会長室」で仕事をしていた彼女なら、理想の上司と部下の関係を知っているのではないかと尋ねた。

「小此木オーナーはどうなんや。あの人も社員に厳しい人やと思うけど」

商社出身の小此木は、接客業はまったくの素人だったのに、オアフコーヒーを日本で五指に入るコーヒーチェーンへと拡大させた。ただのワンマンオーナーでは部下はついてこなかったはずだ。

「そうですね。目標は高く設定し、それができないと叱責しますけど、社員のモチベーションは大事にしている人なので」

邪《よこしま》な勘ぐりの通り、彼女は小此木を評価した。

「でも小此木会長も嶋尾コーチと似たところはあります。自分に厳しい人は、部下に対しても厳しくて、小さなことも見逃せなくなってしまうんだと思います。言わずに同じ失敗をするなら、言い続けることで雰囲気が悪くなったとしても、過《あやま》ちを繰り返させない、それが良い組織になる一番の近道と考えておられるんじゃないでしょうか」

さすが有能なキャリアウーマンの分析力は鋭い。嶋尾がまさにそのタイプで、ピッチャーがストレートに自信を失ってしまおうが、逃げて打たれることがチーム全体の悪影響になると嫌がる。

「そういった上司が一番腹を立てるのは、叱られる部下が黙って聞いている時です。自分が本気で叱っているのに、なにも感じてないと思うと、イライラがエスカレートしていきます。小此木会長がそうですから」

「ということは嶋尾コーチにも選手が反論した方がいいのか」宇恵が言うと、丸子は「住吉が口答えしたら、ぺちゃんこにされてましたやん」と口を挟む。

「あれは住吉選手が自信なさそうに言ったからだと思います。もっと強く言い返していけば、嶋尾コーチも聞いた可能性があります」

確かにシーズン前半のチームの調子が良かった頃は、嶋尾は住吉の意見に耳を傾けていた。

「別に意見でなくてもいいんですけどね」

「意見でないって、じゃあ何を言うんですか」丸子が質問をする。彼女は「これは数年前、オアフコーヒーがホテルの大宴会場を借り切って、社員全員で忘年会をした時のことなんですが」と話し始めた。

「会長が社員の前できょうは無礼講だからなにを言ってもいいぞって言ったんです。そう言ったところで、社員は最初のうちは遠慮して言えなかったんですけど、そのうちカラオケ大会になって、会長が歌い始めたんです。大好きなスガシカオでした」

「あの声で『あと一歩だけ、前に〜進もう』と歌ったんか。そりゃさぞかし盛り上がったやろな」

小此木は渋くてよく響く声をしている。

だが彼女は「全然」と首を振った。

「なんでやねん」

「びっくりするほど音痴だったからです」

「あの小此木オーナーがかいな？」

「はい、本人は下手とは思っていないのか、悦《えっ》に入《い》って歌ってましたが」

音痴を本人が認識していないことは野球界でもある。先輩が調子に乗って歌えば、それが聞くに堪《た》えない下手くそでも後輩は手拍子して盛り上げるしかない。だがオアフコーヒーの若い社員はそうではなかったようだ。

「最初はみんなしんみりしてたんです。だけど若い社員の一人が、『会長、音程がずれてますよ』と茶々を入れたんです。その社員は帰国子女で空気が読めないことで有名だったんですけど、その一言でみんなのタガが外れて、あっちこっちでやんやとなりました。終わると司会の女性が『会長のおかげで、我々は今後はなにごとにも恐れることなく、プロフェッショナルの道を歩めそうです』と突っ込みを入れました。『次に歌う人』と呼びかけると、みんな『俺が歌う』『私も』って手を挙げました。だって会長の後なら誰が歌ってもうまく聞こえますから」

「オーナーは激怒したんじゃないのか」

「それが会長は嬉しそうだったんですよ。学生や商社員時代を含めて常に周りから一目置かれたエリートで、弄られた経験がなかった会長は、それが楽しかったんだと思います」

「まさか、筒美広報は嶋尾コーチにもそうしろって言うんですか」丸子が驚いて聞き質《ただ》す。

「クールな小此木会長と強面の嶋尾コーチはタイプは違いますけど、二人とも普段から近寄りがたい雰囲気を出しています。そういう人は子供の時からからかわれない人生を歩んでいますから、実は内心は寂しさを感じているものなんです。嶋尾コーチがきつい注意をした時でも、そこで誰かが突っ込みを入れたら、急に表情が緩《ゆる》んで、場が和《なご》むかもしれません」

「あの人が弄られて喜ぶ姿なんて想像できんわ」丸子は「無理、無理」と手を振って否定する。

宇恵もイメージは湧かなかったが、筒美まどかが言っていることは理解できた。宇恵自身もそうだった。

子供の頃から体が大きく、喧嘩が滅法《めっぽう》強かったため、友達をからかっても、からかわれた経験はあまりない。プロに入ってからも同様だ。自分と同じ歳くらいの選手が、若手から弄られ、そこに賑《にぎ》やかな輪ができているのを外から眺めて、羨ましく思ったこともある。

「マル、おまえがその空気読めない社員の役をやれ」

「そんな、なんて言うんですか」

「茶々なんやから何でも言えるやろ。フォーク投げるなって同じ話を何度もすんのは、年寄りになった証拠でっせとか」

そう押し付けたが、丸子からは「僕には言えませんよ。監督が言うてください」と押し返された。

4

翌日はエースのブライトン・カーシーの好投でアイビスは連敗を「6」で止めた。だが次の日は投手陣が崩れて、また貯金「1」へと逆戻りとなった。

嶋尾はいつものように打たれた投手を呼び、「もっと向かっていくピッチングをしろ」と唾《つば》を飛ばして叱っていた。

打線も元気がなく、三対十三と大敗だった。観客の大半は試合途中で帰ってしまったが、まだ残っているファンもいた。

チームを応援して残ってくれていたのかと思ったが、違った。引き揚げる宇恵に「おめえ、監督になったからって、いっちょめーな顔すんな」「こんげ試合したら、ゲッポになんぞ」と次々とヤジを飛ばしてきた。

ヤジの数で比較するならジャガーズの方がひどい。だが関西弁はシャレで聞き流せたのが、越後弁は耳の奥まで入ってきてしばらく残る。こんなゲームを続けていれば、去年までの定位置である最下位まで落ちてしまうだろう。

それでも宇恵は罵声を無視してクラブハウスへと急いだ。また違う声がした。

「宇恵よ、おめーの采配は、金魚のいない桶《おけ》と同じやぞー」

意味が解らず、ヤジが聞こえた方向に目を向けた。アイビスの帽子を被ったよく見る中年の男だった。

「どちらも、〝すくいようがない〟や」

周りの客が「上手い」と拍手していた。

次は金曜日の移動日を挟んで、福岡でシーホークスと二試合だった。

今季の優勝候補の筆頭と言われたシーホークスだが、春先から投手陣に故障者が続出してBクラスに低迷している。

首位はダントツで札幌ベアーズ、二位がゲーム差「８」も離されてアイビスと千葉マリナーズが貯金「１」で並ぶ。

だが借金が「６」あるシーホークスが、このままとは思えず、故障者が戻った後半戦は調子を上げてくるだろう。なんとかマリナーズを抜いて単独二位につけておかないことには、三位ではシーホークスの追い上げが気になり、選手は力を出せなくなる。

移動のみとなった金曜日、夕食は福岡のホテルで用意されていた。

普段の宇恵は丸子と筒美と三人で食べることが多い。それでもたまには他のコーチやキャプテンの上野山の席、外国人、若手の席に座り、たわいない会話で彼らがどんなことを考えているのかを聞いたり、冗談を言って、選手を笑わせたりしてきた。

「きょうはわしはあっちで食うわ」

ビュッフェで適当に取った宇恵は、筒美まどかにそう伝え、端っこの席で寂しそうに一人飯をしている嶋尾のテーブルに向かった。

「嶋尾コーチ、ここ、ええですか」

断ったのに返答はない。嶋尾はイヤホンを嵌《は》めていた。それでもテーブルにトレーを置くと、嶋尾は気づき、イヤホンを外した。もう一度同じことを言う。「どうぞ」と一言返ってきただけだった。

「食事中も他球団のナイター中継ですか。嶋尾コーチは本当に熱心ですね」

きょうはアイビス戦以外、五試合が行われていて、宇恵も部屋で二位マリナーズ戦のBS中継を見てきた。マリナーズは四回までに大量リードしていた。

研究熱心なのは結構だが、なにも飯の間までラジオで聴かんでもええやろ。この人は根っからの野球バカなんやなと感心する気持ちと、一緒に飯食う友達もおらんと可哀想やなと憐れむ気持ちが混ざりあった。

ところが嶋尾からは「落語ですよ」と言われた。

「落語なんて聴かれるんですか」びっくりして聞き返した。

「僕は昔からオフになると寄席に行きます。野球以外の唯一の趣味が落語です」

「へぇ〜、嶋尾コーチが落語ね」

「へんですか」

「別にへんではないですけど」

それならもう少し楽しそうな顔で聴いていても良さそうだが、イヤホンを嵌めていた時の嶋尾は、試合中と同じで顰《しか》め面だった。

それでも落語好きと聞き、なるほどと思うこともあった。

嶋尾のミーティングはあらかじめ台本でも用意されているかのように喋りが淀《よど》みない。優勝請負人と呼ばれるほどの名コーチになると、オフの間はひっきりなしに講演に呼ばれて話術を磨《みが》いていたのかと思っていたが、すべて落語から来ていたのだ。

そう言えばこの前のミーティングでもこんな話し方をしていた。

「三振は三球《さんきゅう》、四球《しきゅう》は四球《よんきゅう》、三つストライクを投げんのに、四つもボール球が投げられるんや。野球は投手が有利になるようルールが出来てるのに、きみらはなぜ活かさん」

まるでテキ屋が叩き売りでもしているかのように歯切れよく叱責していた。なに一人で張り切ってんやと呆れて聞いていたが、話の内容は自然と耳に入ってきた。

「で、嶋尾コーチはどんな落語を聴いてるのですか」

「志《し》ん朝《ちょう》の『猫の皿』です」

「猫の皿？」

とくに興味が湧いたわけではないが、行きがかり上、内容を聞いてみた。嶋尾はすらすらとあらすじを説明してくれた。

「古物商がある時、茶店で飼われている猫の餌用の皿が、初代柿右衛門《かきえもん》の名品だということに気づいたんです。その古物商は、茶店の亭主からその皿をなんとか安く買えないものかと頭を捻《ひね》った。そこでまず猫が気に入った振りをして『猫を私に買い取らせてもらえないか』と申し出た。亭主が了承したのでしめしめと二両渡した。そして猫を受け取った後、『皿が違うと猫も餌を食いにくかろう』と皿も一緒に持ち去ろうとしたんです。するとと亭主は『これは初代柿右衛門の名品でございますから』と取り返した。『亭主よ、それを知っているのなら、どうしてその名品で猫に餌をやっていたんだ』古物商が訊くと、亭主はこう言ったんです。『こうしておりますと、時々、猫が二両で売れます』と」

普段通りに冷めて話した嶋尾だが、最後のオチには「おもろい話やないですか」と宇恵は唸ってしまった。

「そういうオチをつけてミーティングでも話してくれれば選手ももっと楽しんで聞くのに」

そう言ったのだが、嶋尾は「ミーティングにオチは要らんでしょ。選手を笑わすためにやってるわけではないんやし」とすげない。

沈黙していると「監督は落語は聴かんのですか」と聞かれた。

「わしはもっぱら上方《かみがた》漫才ですね」若い頃は同じ飲み屋にヨシモトの芸人が来てた縁で何

度か花月《かげつ》に行った。

「へえ、漫才ですか、いかにも監督らしいですね」

口が半開きになった。「いかにも」「らしい」って、まったく馬鹿にしよって。

世の中には、似たような趣味や遊びなのに、一方は高貴に、もう一方は低俗に見られるものがある。例えばギャンブル。宇恵はまだ寮にいた頃、休日のたびにパチンコ屋に通っていた。有名大学出だった当時の二軍監督からは「パチンコなんかに夢中になってるから頭を使わんようになるんや。遊ぶなら麻雀やれ」と叱られた。パチンコに行くと門限前でも叱られたのに、寮で夜中まで麻雀を打っている選手は頭脳派に見られ、野球でちょっとヤマ勘が当たっただけなのに「あいつは勝負師だ」と褒められていた。

格闘技もそうだ。よく後輩にプロレス技をかけてふざけあっていたら、インテリの先輩から「プロレスよりボクシングだろ」と注意された。

カラオケも同様だった。普段から賢く見られたい先輩は、ニューミュージックと呼ばれた昔の邦楽やボブ・ディランとかサイモン&ガーファンクルといった古い洋楽を選ぶ。それまで宇恵たちが誰もが知っている歌謡曲で盛り上げた場は、一瞬で白けてしまい、大概そこから間もなくしてお開きとなった。

きっと嶋尾もそういうタイプなのだろう。他人の趣味や娯楽をのっけから馬鹿にするから誰も仲良くしたいと思わない。

「ところで嶋尾コーチはどうして選手と一緒に飯を食わないんですか」宇恵は話を戻した。

「僕はコーチになって十三年間、このスタイルでやってます」

「なんでですか？　食事の時くらい、選手と一緒に冗談を言い合ってもええでしょうに」

和気藹々《わきあいあい》とまでいかなくても、少しは素顔を見せた方がいい。ここにいる選手は、嶋尾が落語を趣味にしていることすら知らない。

「コーチが選手に寄ってってどうするんですか」

「寄るわけではないですよ。お互いが心を通わせるんです」

どうしてそんな簡単なことが分からないのだといらいらする。

「そういうことをしてると、ゲームで声が届かなくなります」

「届かなくなるって、大声を出せば聞こえるでしょ」

嶋尾の声は結構なボリュームがある。しかもゲーム中は関西弁丸出しで迫力があるため、マウンドまで聞こえているはずだ。

「僕が言っているのはそういう意味ではなく、選手がコーチの声に慣れてしまうことを心配してるんです。ピンチの時は相手の応援が盛り上がり、選手は頭が熱くなっています。普段から聞き慣れたコーチの声だと、指示したところで、瞬時に理解できません。でも僕のように普段から会話をしてないコーチの声は、選手の心の中までしっかりと届くんです」

名コーチと呼ばれる人は普段の心掛けからして違うようだ。ただし、そうなるとベンチ内での嶋尾に納得がいかなくなった。

「それやったら打たれた選手に、あんなに小言を言わなくてもいいんじゃないですか」

「それとこれとは別です。反省はその場でやらないことにはまた同じミスをします。しつこく言うことで耳にこびりつきます」

嶋尾は自分の考えを一つも曲げなかった。

「わしは嶋尾コーチの厳しさは認めていますし、研究熱心であることも高く買っています。ですけどもう少し選手に考える自由を与えてもいいんじゃないですか」

「考える自由ってなんですか」

「人間というのは規律の中に自由があるから、発想が生まれるんです。自由だけでもダメですけど、規律で縛《しば》ってしまうと、ただ命令に従うだけの人間になり、ちんまりした選手になってしまいます」

自分でもいいことを言ったと思ったが、嶋尾からは「それは違いますね」と否定された。「指導者が信念を持ち、それを徹底させればいいんです。自由を与えれば、コーチと選手で違う考え方が生じて、チーム内で不協和音が生じます」

その不協和音がすでに生じているから言うてるんですよ、と言いたかった。それを言えば、今度は自分と嶋尾が対立する。

いくら話し合ったところで接点を見出せそうになかった。セネターズでもジェッツでも、嶋尾は選手とギクシャクしていたのだろう。だから名コーチと呼ばれるのに長期間残ることなく、チームを渡り歩いているのだ。

諦めて退散しようとしたところ、嶋尾から「監督は高校野球の監督とプロの監督、どっちが難しいと思ってますか」と聞かれた。

「そりゃ高校野球でしょ」

プロの方が大変だと思いつつも、嶋尾のことだから、きっと底意地の悪い解答が用意されていると感じたため、逆のことを答えた。

「なんで、そう思われますか」

すぐには正解を述べず、答えた理由を聞いてくるところも彼の歪んだ性格を表している。

「高校生には人間教育も必要だからです。プロにも問題児は山ほどいますが、それでもみんな社会人ですし」

言い終えると、嶋尾から「残念ながら不正解です」とまた否定された。

「高校なんてたかが三年ですよ。三年で選手は入れ替わります。ですがプロはずっと同じです。最初のうちは監督のことを怖がっても、四年、五年と長くいると選手は次第に慣れていきます。だから僕はプロ野球の指導者で一年で結果を出した人より、五年、六年、十年と続けている人の方が立派だと思います」

それも納得する話だった。

ジャガーズにも鬼監督はいたが、二、三年で自分からやめた。ファンは残念がっていたが、実際、チーム内は年々タガが緩んでいき、監督のカリスマ性も薄くなった。

宇恵はまだ一年目だ。キャンプでエースを放出したり、アイビスタイムを導入したりと、劇薬でチームに緊張感を与えてきたが、その効果も消えつつある。先の連敗中は、発破《はっぱ》を掛けたところで効いているようではなかった。

「それより監督、中継ぎを獲得してくれませんか」

ブルペンが疲弊《ひへい》しているのは宇恵も感じていた。負担を軽くしたいのかと思ったが、嶋尾が言ってきたことは宇恵が案じていたことより深刻だった。

「杉本の肘の状態がよくないんです。このままだと彼は長期離脱を余儀なくされるかもしれません」

「そんなに悪いならどうしてもっと早く報告してくれないんですか」

杉本は最近五試合で三試合に登板させている。この福岡遠征にも連れてきている。

「本人がまだ痛いと言ってこないからです」

「言ってこなくても。嶋尾コーチは杉本が肘を痛がってると分かっていたわけでしょ？

だったら止めるのがコーチの役目でしょう」

「彼のようなキャリアの浅い若いピッチャーは自分の体がどこまでいけるか追い込んだ経験がありません。中にはまだ全然いけるのに、痛いと言い出して逃げるピッチャーもいます。そういう弱気なピッチャーはこの世界では長く生き残れません」

「壊れてしまったらどうするつもりだったんです。手術にでもなれば、一、二年はリハビリですよ」

「その時はその時です」

「杉本がいなければうちの七回を投げるピッチャーはいなくなりますよ」

「そうなったら、代わりを探せばいいだけの話です」

まるで物みたいな扱いだ。ここで注意したところで嶋尾は聞かないだろうと、「分かりました。では加賀谷球団代表に相談して、中継ぎ投手を獲ってもらいます」と言った。トレードを要請したことで、話は済んだつもりのようだ。嶋尾は再びイヤホンを耳に嵌めた。

もう一度、嶋尾の顔を眺める。どこから見ても落語を聴いている顔ではなかった。

嶋尾が聴いているのはラジオではなく無線機で、敵チームの情報を傍受していると言っても、選手たちは信じるのではないか。

5

〈おいおい、またか。うちにもう出すやつはおらんぞ〉

大阪ジャガーズの編成部長、谷原は宇恵が話している途中で腰を折るように断ってきた。谷原はキャンプでは三対五の大型トレードをしてくれたルーキーの頃からの親友だ。

〈無理くりして出すとしても、ファームでも使えん選手くらいだ〉

「ケチくさいことを言うな。市木は先発で活躍しとるやないか」

アイビスとの交流戦に敗れた後、市木はさらに勝ち星を一つ加えて、七勝でハーラーのトップに立った。谷原までが「今年は五勝が妥当」と嶋尾の予想に同調したからトレードに出したのに、この分だと十二、三勝はしそうだ。

市木の代わりにもらった若い選手は十分な戦力になっているが、放出した手前、できれば市木は十勝未満で終わってほしい。

〈市木の活躍は嬉しい誤算だったが、あの非力な新宮が一番打者でリーグの盗塁王になっていることも、三振王だった硯が十本もホームランを打ってることも俺は想像していなかったからな。東だって先発で六勝だから市木と一勝差だぞ。あの球が速いだけの杉本がセットアッパーになったこともそうだ。こっちがCSにいけんかったら、それだけの有望株

をなんでトレードに出したんだと俺がファンから非難される〉

「なんやねん、谷原は活躍できると言って、うちにくれたやないか」

〈そこそこは戦力になるとは思ってたよ。だけどこれほど活躍するなんて誰が思うか〉

宇恵にしたってキャンプで彼らの顔を見た時は、自分のクビは一年間持たないだろうと覚悟した。

一方、市木にくっつけて、ジャガーズに出した二人は出場機会がない。

「そやったら他のチームで使えそうな選手を教えてくれ」

加賀谷代表からはトレードの許可はもらった。ただし交換相手に出せるのはたいして期待できない選手だ。

〈それやったら中部ドルフィンズの上川《かみかわ》というピッチャーはどうだ。ファームで投げてるけど、真っ直ぐは速いので杉本の代わりができるかもしれんぞ〉

「上川か、メモしておく」

〈出してくれるかどうかは知らんけどな。うちとは同じセ・リーグで三位争いしてるから、どうせ出さんやろと調査もしてないし〉

「ドルフィンズやったら聞くアテがある。ありがと。恩に着るわ」礼を言って電話を切り、次の相手にかけた。

〈おお、宇恵、なんや、シーズン中に〉

機嫌のいい声で池本が出た。もうすぐ四十二歳になるというのに今年の池本は春から調子がいい。開幕から先発枠に入り、七勝三敗は市木と同じ成績だ。

〈上川か、あいつは球種は少ないけど、ストレートにキレがあるんで、いかにも中継ぎ向きだな〉池本の評価も谷原と同じだった。

「ドルフィンズはなんで使わへんのや」

〈背がちっちゃいんよ。一七〇ちょっとしかない。うちのＧＭは、ピッチャーは上背がある方が有利だと思ってる。とくにセットアッパーは長身ばっかりや。まぁ、今はどこのチームも背が高くて真上から投げおろす外国人を獲ってきて、それで成功してるしな〉

「ちゅうことは脈ありってことか？」

〈交換相手次第やな〉

よしゃと拳を握った。だが交換相手に用意している選手を言うと〈そりゃ、無理や、しょっぱ過ぎる〉と言われた。

「二人とも去年までうちの一軍にいたんやぞ」

一人は新宮が入ってくるまでセンターを守っていたベテラン、もう一人は去年は正捕手だった北野のバックアップ要員だ。

〈今年は二軍だろ〉

「他の調子がいいからな」

〈山田《やまだ》なら出してくれるかもしれんけどな〉

「山田をくれんのか」

三年前にはドルフィンズのローテーションで投げていた投手だ。

〈一昨年に肘の手術した後はさっぱりで、たぶん今年でクビになる〉

「そんなピッチャー、いらんわ」

それでも聞いておいて良かったと思った。ドルフィンズのGMは嶋尾以上に性格がねじ曲がっているので、交換を持ちかけられていた危険性もある。

〈今年のドルフィンズは、野手にケガ人が続出してるんで、野手がほしいのは山々だ。だがそのメンツで使えるピッチャーをくれというのは厚かましすぎるぞ〉

池本の言葉が虚しく聞こえた。確かにしょぼい選手だ。宇恵が交換を持ちかけられても先がないと断るだろう。だけど層が薄いのだからどうしようもない。

「まったく弱いチームは不公平やな。選手を無理して使ったら故障して、来年はもっと悪なるし、貧すれば鈍するや」

宇恵が自棄《やけ》気味に言うと〈ここまでおまえはよくやったと思うぞ〉と慰められた。〈まぁ、あまり無理せず、来年頑張れよ〉

言い返す気にもなれず、「貴重な情報ありがとな、池ポンも今年は絶対に二桁勝てよ」と励まして電話を終えた。切ったところで携帯電話が鳴った。瑛子だった。なんやねん、せわしない時に……文句を言って通話ボタンを押す。

〈きょうは電話くれないのかと思ったわよ。電話の前で待《ま》ち侘《わ》びていたのに〉

「嘘つけ、待ってへんくせに」

待っていたとは思えないが、それでも毎日、宇恵がかけると、数コールで出る。たまに風呂に入っていて出ない時もあるが、その時は折り返してくる。

ナイターの日は試合が終了してからだが、きょうのようにゲームのない日は九時までにはかけていた。ベッド脇のサイドテーブルの時計を見ると、十時を回っていた。

「すまん、今晩はそれどころやなかったんや」

〈なにかあったの？〉

「いや、実はな」

チームの機密をぺらぺら喋ったらいかんやろと思いつつ、なにかいい知恵はないかと相談してしまうのはいつものことだった。

6

「このたび、中部ドルフィンズからきました上川和也《かずや》と申します。社会人を経て、プロ四年目の二十七歳です。武器はストレート。一軍経験は去年十試合に投げただけですが、今年は下でずっと調子が良かったので、戦力になれるよう精一杯頑張りたいと思います」

翌日、シーホークス戦の試合前に福岡にやってきた上川が、はきはきと自己紹介すると、アイビスの選手は拍手で迎えた。

明るく元気のいい男だった。好かれるタイプの好青年ですぐチームに溶け込めそうだ。ただし、最初に監督室に挨拶に現れた時、宇恵はその姿に愕然とした。

——ちっちゃ。

小柄とは聞いていたが、池本が言っていた一七〇センチちょっととは、とても思えない。

「きみ、たっぱはいくつあるんや」

宇恵が尋ねると「一七二センチです」と選手名鑑に書いてある通りのことを言った。

「ほんまか」確認すると、上川は「本当は一六八センチです」と言い改めた。一緒にいた嶋尾コーチが「自分の欠点を晒すもんじゃない」と注意し、上川は「一七二センチです」と言い改めた。宇恵は「さっきのは聞かんかったことにする」と言った。

身長が低いことを「欠点」と言ったくらいだから、嶋尾ももう少しましなのを獲ってほしかったと内心は思っているのだろう。それでも肘に不安のある杉本をファームに落とし、「入団発表後に即、一軍に昇格させましょう」と言ったのは嶋尾だ。

嶋尾は杉本に、「一週間はノースローでいけ。それで肘の不安が消えたら投げ始めて二週間で戻ってこい」と指示していた。

杉本は毎日投げさせられるプレッシャーから解放されたが、落とされたことにショックを受けていた。宇恵は「ここまでようやってくれた。チームが二位にいるのもおまえのおかげや」と背中を叩いたが、嶋尾からは労いの言葉一つなかった。

嶋尾はさほど喜んではいなかったが、加賀谷には「よくあの偏屈なGM相手にトレードを成功させましたね」と感心された。

加賀谷によると、上川は三振、四球、本塁打と投手のみに責任のある三つの項目で計算されるDIPSがファームでは極め付けに低いらしい。またゴロアウトよりフライアウトの方が多い。小柄なのにフライアウトが多いのは高めのストレートで勝負できている証拠だ。走者を背負っての登板が多いリリーフ投手は、変化球を低めに集めて内野ゴロにするより、少ない球種で三振かフライで打ち取るタイプの方が合っている。

昨夜の十一時前、宇恵は中部ドルフィンズのGMに電話をした。ドルフィンズのGMはやはり手強かった。

現役時代に宇恵よりはるかに多くのホームランを放ち、三冠王を獲得した大先輩である。バッターボックスのラインを全部消すなど極め付けの変わり者なので、あまり関わりはない。一緒にオールスターに選ばれた時に挨拶した以外、会話をした記憶もなかった。

「GM、中継ぎで困っているんです。山田使ってないみたいですから、くれませんか」

宇恵は、上川ではなく、手術後も完全復活できずにクビが間近だという、かつての先発投手の名前を出した。

交換要員には外野手と捕手の名前を挙げた。二人ともたいした戦力ではないが、山田を置いておくよりいくらかは戦力になる。腹の中では喜んでいたはずだが、海千山千《うみせんやません》のGMはすぐには承諾しない。〈その二人で山田をくれなんてずいぶん虫がいい話だな〉と牽制してきた。

「山田、使ってないじゃないですか」

〈うちは、前半戦は若手が伸びてピッチャーの層が厚くなったからな。山田は若手がへばった後半戦に使おうとジョーカーとして取っておいたんだ〉

なにがジョーカーだ。ろくに投げさせてもないくせに。

〈だけど宇恵、おまえだけに言うけど、今の山田は長いイニングは無理だぞ。短い回ならいけるけど〉

まるで親切心を見せた振りをする。どうやら小芝居も一流のようだ。

「短い回で十分なんで、それやったらお願いします」

相手がニンマリしたのが伝わってきた。宇恵は次の交渉をもち掛けた。

「二対一といきたいところですが、お互い支配下枠の問題もありますから二対二にして、もう一人、ピッチャーくれませんか」

〈野手二人で投手二人か？〉

さすが人を信じないことで有名な男だ。宇恵の提案になにか裏があると勘繰《かんぐ》り始めた。白を切り通すしかないと「野手でもいいですけど」と言った。だが野手に故障者が出て困っているドルフィンズが、野手を出すことはない。〈野手は無理だ〉とすぐ返ってくる。

「なら、ピッチャーでいいです」

〈誰がほしいんだ〉

耳に携帯電話を張り付けてようやく聞こえるような声でドルフィンズのＧＭは言った。

「若くてイキのいい使えるピッチャーなら誰でもいいですよ」

上川の名前はまだ出さずに辛抱した。ＧＭは考えているのか声が消えた。名簿を見ながら使えない投手を丸で囲んでいるのではないか。

「チビっこいピッチャーがいましたね。うえかわとかいうピッチャー」

〈かみかわだ〉

仏頂面《ぶっちょうづら》が目に浮かんだ。

「あっ、かみかわでしたね。すみません」と謝っておく。

〈あいつは若くはないぞ〉

「なんぼでしたっけ」

二十七歳だと言われ、「そんなにいってるんですか。そりゃ、若くないですな」と宇恵も小芝居した。「でも他にいないならその選手でもいいかな、使えますよね？」確認すると〈使える〉と返ってきた。ということは使う気はないのだ。

その後も〈やはりこのトレードはおまえに有利だ〉だの〈アイビスのためにうちは育てたんじゃない〉だのと、ぐだぐだ言われたが、なんとか二対二で成立した。

嘘をつくのが苦手だと思っていた自分がこんなにうまく言い通せるとは思いもしなかった。だが宇恵が考えたことではなく、すべて瑛子に指南された通りにやったまでだ。

〈昔、夏木田さんがしたような切り出し方をすればいいのよ。その選手の欠点になることを言って、そして名前を間違える。そうしたら、向こうは本気であなたが欲しがってるとは思わないわよ〉

宇恵がまだレギュラーではなかった頃、球界の寝業師と呼ばれた夏木田は、「あのモヤシみたいな、ヒョロッとした宇田という選手をくれんか」とジャガーズにトレードを要求した。

夏木田さんの作戦を瑛子はよく覚えていたものだ。おかげでトレードはまんまと成功した。狡猾《こうかつ》なドルフィンズのGMより、我が家のGMの方が一枚上手だったということだ。

挨拶が終わると、嶋尾のミーティングが始まった。

相変わらずの小言の連続にロッカールームに広がった明るい雰囲気が一瞬にして萎んでしまった。

それでも嶋尾の話を真剣な顔で聞き、何度も頷いている上川を見ていると、宇恵はこの選手を獲って良かったと思った。

7

圧倒的戦力を誇るシーホークス相手に、アイビスは一勝一敗だった。

上川は第一戦、四対四と同点の七回に登板した。緊張したのか最初の打者にはスリーボールにしたが、ど真ん中にストライクを投げ、もう一球ストレートを高めに投げて一飛に取った。次は中飛、最後は捕邪飛で三者凡退にした。抑えたボールはすべて真っ直ぐだった。

あの背丈ではいくら真っ直ぐが武器だと言っても、打者は恐怖を感じないだろうと思っていたが、大きく振りかぶって、しっかり足を踏み出して腕を振るピッチングは結構な迫力があった。

「マル、わりかし、行けるんとちゃうか」

「スピードガンは最高で一四一キロですけど、バッターがみんなボールの下っつらを擦ってるってことは、腕が低いところから出て、手元でホップしてるように見えるんでしょうね」

丸子も感心していた。フライアウトの投手という加賀谷代表の評価通りだ。

「嶋尾コーチはどうですか？」

腕組みしてじっと見ていた嶋尾コーチにも聞いた。本音は杉本の代わりが見つかって安堵しているくせに、「まあまあですかね」とつまらないことを言う。

「フォークより真っ直ぐが多いんは、嶋尾コーチの好みでしょ」

「真っ直ぐ云々より、フォークはろくすっぽ落ちないから使えないだけです。ブルペンで見ましたけど、使えそうな変化球はスライダーぐらいでした」

フライアウトが多いという加賀谷の受け売りを伝えると「フライがアウトになっているのはファームやからでしょう。一軍ではフライはホームランと紙一重ですよ」と水を差してきた。本当にこの男は面白みに欠ける。

翌日のゲーム、四対七とリードされて八回に登板した上川は、先頭打者に高めのストレートを打ち返された。高く上がった打球に外野手が捕球体勢を取りながら後退したが、右翼席の最前列に入った。嶋尾が言っていたフライアウトと紙一重のホームランだった。

しかし落胆することなく後続三人を凡フライに抑えたことを、宇恵は評価した。

嶋尾も失投を責めるのではなく、「高めにいくんはしゃあない。今のまま思い切って腕を振っていけ」と前向きなアドバイスを送っていた。杉本が戻ってくるまで勝利のトライアングルの一角で使う気になったようだ。

一勝一敗だったが、敵地福岡でのゲームだったことを考えれば上々だ。

同率二位だった千葉マリナーズが連勝したため、アイビスは三位と後退したが、まだ貯金「１」を保っている。四位シーホークスとの差も「３・５」のままだ。

とはいえ、杉本の代わりに上川が入っただけでチーム状況が著《いちじる》しく改善されたわけではなく、その後も勝ったり負けたりのゲームが続いた。

相変わらず投手陣は疲れがとれず、四月、五月のように有利な展開のゲームを作れない。打線も攻撃の形が出来つつあるが、相手の先発がリーグを代表する好投手となると、手も足も出ずに抑えられていた。

去年一軍経験のなかった者も多くいる雑草軍団が、勢いだけで結果を残せるほどプロの世界は甘くはない。

オールスターに入る前半戦最後のカード、本拠地でのブルズ戦を前に、ようやく二軍から杉本が戻ってきた。

嶋尾コーチから「二週間で戻ってこい」と言われていたが、肘の状態は思っていた以上に悪く、復帰まで二十日間かかった。あのまま一軍で使っていたら、手術するほどの大事になっていたかもしれない。監督の判断ミスが選手の野球人生を終わらせることもあると思うと、鳥肌が立った。

一勝一敗で迎えた第三戦、先発した東が立ち上がりから走者を出しながら、粘りのある投球で五回を二失点に抑えた。五回裏にポコのスリーランで逆転すると、六回を上川、七回は復帰した杉本、八回は榎本、九回は東野と継投して、三対二で逃げ切った。首位の札幌ベアーズからは十ゲーム以上離されたが、二位の千葉マリナーズとはゲーム差「1」、四位の福岡シーホークスには「4・5」離して前半戦を折り返したことになる。

「勝利のトライアングルにもう一角、加わりましたね。なんて名付けますか?」

試合後に新聞記者に不意をつかれた。

新しい呼び名など考えてもいなかった。「四角」ではピンとこない。「菱形《ひしがた》」ならトライアングルに負けずに格好が良さそうだが、肝心の菱形の英語が出てこない。

記者の群れの背後にいる筒美まどかを探した。背がある彼女はすぐ見つかった。彼女は声は出さずに唇だけ動かした。

「ああ、勝利のダイヤモンドや」

おおっと記者がどよめき、メモを取り始めた。

助かったわ、筒美くん——宇恵は目で礼を言った。

8

前半戦が終わったことで、試合後に選手、コーチ全員を集めてミーティングをした。

最初に宇恵が選手を称えた。

「みんな前半戦はようやってくれた。アイビスがここまで戦えるなんて、他のチームはもちろん、評論家もマスコミも誰一人思っていなかったはずや。みんなはそういう連中を見返してやったんや」

宇恵を真っ直ぐ見つめる選手が一様に頷いた。奥の方で一人が「大御所にカツ！」と叫んだ。ひょうきん者の新宮だ。他が笑い、明るいムードが広がっていく。

「オールスターにも四人も選ばれた。中継ぎで頑張ってくれた榎本、抑えの東野、野手ではポコと上野山だ。アイビスから四人も選ばれたのは球団創設から初めての快挙だ」

そう言って拍手する。全員が初選出だった。選ばれた選手は照れながら、初めてのオールスター出場を喜んでいた。

「わしは本音では、カーシーと東も選ばれると思ってたし、新宮と西川もやと思ってた。まぁ、しゃあない。よそのチームは、うちの選手に休養させて、後半戦で活躍してほしいみたいや」

「そうですよ、うちより下のシーホークスは五人も選ばれてるんですから」五番ＤＨの北野が言った。「そやった、おまえも入れとくの忘れとったわ」

「いえ、そんなつもりで言ったのでは」

北野が頭を掻き、周りにからかわれる。二年連続優勝のシーホークスを引き合いに出すなんて、開幕前にはなかったことだ。

どの顔からも自信が溢《あふ》れていた。最高の形で後半戦を迎えられそうだ。スケジュールは二日間休んで、オールスター第二戦が行われる土曜と、予備日の日曜は軽い練習をする。このまま終わっても良かったが、一応ヘッドコーチの嶋尾に譲ることにした。

このムードを壊さんでくださいよ、そう願っていたのに、嶋尾は一言で台無しにした。

「監督は他のチームを見返したと言ったが、俺は前半戦の戦い方に満足していない。勝てる試合をずいぶん落としている」

まだやれる、満足するなと言いたいのだろうが、物には言いようがある。

語り口に外連《けれん》はあるが内容に面白味がなく、似たような話を繰り返すので、みんなもうんざりしている。まるで敗退が決まった後の高校野球のベンチのような空気になった。

「とくにピッチャーはもっと強気でいかないかん。これから夏場に入れば投手はバテる。スタミナないから球威は落ちる。ストレートが走らんから変化球は増える。そうなったら打者に狙われあっと言う間の大量失点や」

得意の叩き売り口上になったが、選手たちの目は死んでいた。真面目に喋り続ける嶋尾が、客が笑わないのにギャグをやり続けるスベリ芸人のように思えてきた。

——嶋尾さんって結婚されてるの？　お子さんいるのかな？

瑛子との電話でどうすれば嶋尾と選手がもう少しうまくやれるかも相談した。

——結婚はしてるけどうちと同じで子供はおらんみたいや。

そう言うと、瑛子は「やっぱりね」と納得した。

——今の若い選手との接し方が分からなくて本人も戸惑っているんじゃないかしら。誰かが冗談でもいいから言い返してくれたら、素直になれるのだけど、みんな黙ってるから言わなくてもいいことまで言ってしまうのよ。

筒美まどかと同じことを言った。世の中にはそういう男がごまんといるのだろう。そして女はみんな呆れながら、誰か突っ込んであげなさいよと見ているのだ。

——嶋尾さんって、頭は良さそうだけど、怖そうな雰囲気があるものね。

——それだったらわしはどうやねん。わしかって、子供はおらんし、人から怖がられることの方が多かったで。

——だから私はいい経験になるって言ったのよ。この半年間、あなたはいろいろ選手を気遣って、距離を近づけていったでしょ。

キャンプが始まった頃は選手と折り合いが悪く、警戒されていたが、今は選手から冗談も言ってくる。エースをトレードに出すとか、アイビスタイムの導入とか、無茶もした。成功したことも失敗したこともすべていい経験だ。

——わしと違って嶋尾コーチは本物の堅物《かたぶつ》やからな。あの人に突っ込める人間はうちにはおらんぞ。粘着質だから下手なことを言うたら、一生根に持って意地悪されそうやし。

その部分は「それはあなたのチームなのだから、みんなで相談してうまくやりなさいよ」と言われた。コーチや選手の性格を知らない瑛子にそこまで聞いても無理だ。

嶋尾の小言はまだ続いていた。

「チームが連敗する時は決まってる。無駄な四球、不注意なエラー、ぼーっとしてのサインミス。取れずに悔しくない得点はない。あげて嬉しい失点はない。もう一つ言うなら、殊勲者《しゅくん》のいない勝ちゲームはあっても、責任者のいない負けゲームはないってことや」

まだ喋りたがっていたが、宇恵が拍手をした。

「ええわ、さすが嶋尾ヘッドや、ほんまにええこと言う。ヘッドの言う通りやで。これくらいで満足してたら後半戦で追い抜かれるぞ」

宇恵が言ったところで、選手に元気が戻ることはなかった。

それでも宇恵は無理やり笑顔を作って、「しかし嶋尾コーチは話がうまいなぁ。すべての話がデータに裏付けされていることもあるけど、普段から話し方を研究されているからなんやぞ。それがどこから来てるか知ってるか、上野山？　東野？　新宮？」。何人かに聞いて回った。

みんな「知りません」と答えた。

「嶋尾ヘッドは落語が趣味なんよ」

ばらしたところで選手は無関心だった。話の腰を折られた嶋尾も眉間に皺を寄せて宇恵を睨んでいる。

「せっかくやから、最後に嶋尾コーチに頼もうと思うんや」

宇恵がこめかみに皺を作って嶋尾を見た。

「頼みってなんですか」

まさか落語を披露させられると思ったのではないか。嶋尾はただでさえ険しい顔を難しくさせた。

「嶋尾コーチ、ここで一丁、謎かけをやってもらえませんか」

そう言って先に拍手した。最初は戸惑っていた選手たちも拍手で続いた。みんな、謎かけを聞きたいのではなく、宇恵と同じで嶋尾が失敗するのを見たいのだ。拍手が手拍子に変わり、嶋尾を囃《はや》し立てた。

さすがの嶋尾も毒気を抜かれた顔をしていた。いつもは腕組みして微動だにしないのに、ソワソワし出す。

いくらオフに寄席に通っていても、いきなり謎かけは無理だろう。もうしばらく困らせたら宇恵はいいですと言って、ムードメーカーの新宮に一発ギャグをやらせてこの場を締めるつもりでいた。

「分かりました。やらせてもらいます」

突然、嶋尾は言った。

「お題は？」と聞かれたので、今度は宇恵が困った。

筒美まどかが「アイビスのピッチャーでいいんじゃないですか」と言うので、宇恵は「それでお願いします」と言った。嶋尾はしばらく目を細めて考えていた。

「ととのいました」

嶋尾が言った。

「アイビスのピッチャーと掛けまして、イタリア旅行に行った時の食事と解きます」

選手は無反応だった。予想外の進展に宇恵も言葉を失っている。

「その心は」筒美まどかだけが、合いの手を入れた。

「フォークばっかり使います」

嶋尾がいつも「フォークばかり投げるな」と怒っていることだ。自分のところの投手に対してそのオチはないだろう。

最初は静かだった反応が、「うまいやないか」とどこからか声がした。クローザーの東野だった。「ほんまや」榎本が続き、次第に拍手が聞こえ始めた。方々から笑い声と「お見事」との掛け声が上がった。

言った時は少し不安な目をしていた嶋尾も今は憎々《にくにく》しいほどの得意顔だ。ウインドブレーカーの襟を両手で引っ張り、両サイドに立つ選手に体を向けている。

嶋尾は「では続いて監督にもお願いしましょう」と言った。

「え、わしですか」

「はい、監督も謎かけをやってください」

やってくださいと言うたかて無理や。落語はまともに聞いたことはないし、上方漫才とつい見栄《みえ》を張ってしまいましたけど、わしが好きなんは新喜劇でした……そう言い訳をしようとしたが、「お題はそうですね。アイビスの監督、でいいですよね」とその時には嶋尾はどんどん進めていた。

頭がパニックになった。選手からも囃す声が次々に上がった。

たった二球でツーストライクと追い込まれた時と同じで、体中から嫌な汗が出てくる。それでも「アイビス、アイビス、アイビス」と声に出さずに唱えていると急に頭が冴えた。よっしゃ、思いついたで。

「ととのいました」

「うぉー」と選手たち。

「アイビスの監督と掛けまして、大きな古時計のおじいさんと解きます」

「その心は」

いい感じで全員の合いの手が入った。

「トキが動き出すのを待ってます」

どや、と胸をせり出した。嶋尾がやっていたようにウインドブレーカーの襟を引く準備もした。

だが一向に拍手も笑い声も聞こえてこなかった。

「古時計のおじいさんって、死んだんじゃなかったっけ」

榎本が隣の東野に聞いていた。

「そうですよ。時計だって百年間動いてたのに、おじいさんと一緒に動かなくなっちゃったんです」

東野が小声で答えている。

「それじゃ、俺らは、後半戦は働かんってことか」

今度は北野が顔を歪めた。

宇恵は筒美まどかを探して助けを求めた。

いつもは見事な手捌《てさば》きで窮地から救ってくれる辣腕《らつわん》広報も手の施しようがないと首を振った。

けしかけた嶋尾からも同情した目で見られた。

新潟ＯＣアイビスは四十一勝四十一敗一分けの勝率五割で前半戦を終えた。奇跡の快進撃と呼んでいいほどの成績だったにもかかわらず、監督が最後に操縦を誤ったせいで、少し失速して夏休みに入った。

第５話　広報の恋

1

三遊間を抜きそうな強いゴロを、遊撃手の上野山がバックハンドで捕った。クロスした左足で踏ん張り、深いところから遠投する。矢のような送球が一塁手のポコのミットに収まり、塁審が「アウト」と右手を上げた。

トキメキスタジアムが沸き上がった。

「いい守備ですね」隣に立つ丸子の声に、宇恵は「そやな」と応えた。同時にダッグアウトの扉の後ろから「会長、あと二人で五連勝で貯金『４』です。単独二位です」と部下らしき人間の声がした。そこでは、新潟ＯＣアイビスのオーナー、小此木一彰が鏡で長髪を整えながら、出番を待っているはずだ。

宇恵は半歩後ろに立つ監督専任広報の筒美まどかが「選手に声が聞こえないようにお願いします」と注意してくれるのではと期待した。いつもなら顔を向けると即反応する広報が、宇恵の視線に気づかない。

二人目の打者が高めのボール球に手を出して、平凡な中飛になった。ファンが、あと一人コールで選手を後押しする。収容人員三万人のスタンドは連日満員だ。

「会長、ツーアウトになりました」

「じゃあ、そろそろ行くか」

「いえ、試合終了までベンチに出てはまずいです」

あと一人で単独二位になるというのに、宇恵は小此木たちのやりとりが耳に入ってきて、ゲームに集中できなかった。

小此木はプロ野球チームのオーナーでありながら、ルールも知らないのではと思うほど野球に関心がない。説明している秘書は高校野球の経験があるらしいが、優秀な秘書なら、選手が必死に戦っている時にオーナーがしゃしゃり出ることが、いい影響を与えないことくらい分かるものだろう。

九月に入り、ペナントレースのゴールが見えてきた。球宴明けから勝率五割ラインを上がったり下がったりしていたアイビスだが、胸突《むなつ》き八丁《はっちょう》の九月半ばから投打の歯車が嚙《か》み合い出して連勝が始まった。するとそれまで球場に顔を見せたことがなかった小此木が急に球場に現れ出したのだ。ここ二試合は、グラウンドまで出てきて、選手を称えている。選手もオーナーが来ていることは感じている。力んでしまうのが心配で「東野、思い切っていけよ」と声をかけた。

だが心配は無用だった。最後は東野が三振に取ってゲームを終えた。選手がベンチを出るより先に、背後の扉が開いて、小此木が顔を出した。

「いやぁ〜、皆さん、よくやってくれました。ごくろうさま」

グラウンドまで出ていって、選手と一緒とハイファイブを始める。

「オーナー、素敵、頑張ってください」

年配の女性ファンが、選手そっちのけで、小此木に声援を送っていた。長身で濃いめの面構えに、無精髭を生やした小此木は女性、とくに中年女性から人気がある。最近はメディアの前でわざわざアイビスのウインドブレーカーを羽織って外野スタンドに顔を出すなど、庶民派オーナーを気取り始めた。

邪魔くさいなと思いつつも、宇恵は自分から近づき、「きょうも忙しい中、来ていただき、ありがとうございます」と頭を下げた。これも雇われ監督の務めである。

お愛想《あいそ》で言っているのが分かりそうなものだが、「忙しいだなんて、宇恵監督、僕が足を運ぶことで選手が頑張ってくれるなら、仕事をほっぽってでも、いくらでも来ますよ」

と眩《まぶ》しいほどの白い歯を見せつけられた。

「ついに二位ですね。この勢いが一ヵ月くらい前に来ていたらリーグ優勝もできていたかもしれませんね」

盆の頃に借金が「2」になった時、新聞記者から「アイビスの快進撃は春の珍事だったようですね」と聞かれた小此木は、「結果に対する総括はきちんとしなくてはいけないでしょう」と答えていた。その記事を読んで、宇恵は首筋が寒くなった。

それが勝ち始めた途端、急に態度が変わった。

もっとも首位札幌ベアーズには十ゲーム以上先を行かれ、マジック「5」が出ている。一ヵ月程度追い上げが早くても、逆転優勝までは無理だっただろう。

「でもまだ油断はできません。三位マリナーズとは半ゲーム差ですし、四位シーホークスも三・五ゲーム差でついてきています」

あまり喜びすぎないでほしいと忠言した。

「最近の戦いぶりなら大丈夫でしょう」

小此木は聞いてない。「二位になればクライマックスシリーズのファーストステージは新潟で開催できるんですよね。これはお客さんが入って盛り上がりそうだな。どれくらい入るのかな」と銭勘定《ぜにかんじょう》をし出した。

「オーナー、カッコいい、こっち向いて」

若い女性グループが黄色い声をあげた。

「いやあ、本当にご苦労でした。明日も頑張ってくださいよ」

小此木は馴れ馴れしい口調で宇恵にそう言うと、女性たちに近づきサイン色紙を受け取った。あんたに言われんでも頑張るわ――毒づいて監督室に帰ろうとした。ベンチに降り、通路に出ようとするがいつもと勝手が違う。

「筒美くん、きょうはテレビの監督インタビューはあるんやっけ」

地元テレビ局が放映しているはずだが。

「あっ、中継はありましたけど、インタビューは……」

彼女は慌てて手帳をチェックしだした。

2

〈ねえ、筒美さんが元気がないのって小此木オーナーが来だしたからじゃないの〉

夜に瑛子に電話をすると、真っ先にそう言われた。

「まさかおまえは二人が愛人関係だと疑ってるんか」

実際、宇恵もそう思っていたことがある。だがそれは広報になった最初の頃で、今は彼女は東京に行くこともないし、試合のない月曜日は反省会に参加している。

〈違うわよ。付き合ってはいないのだろうけど、筒美さんは小此木オーナーに恋心を抱いていたことがあったのよ。だから急に顔を出すようになって、心が乱れてしまってるんじゃないかしら〉

「確かに彼女がおかしなったのはオーナーが来だしてからやな」

翌日、恒例の「反省の月曜日」でも話題になったのは筒美まどかのことだった。

「今、僕が一番心配してるのは、筒美広報のことです。実はきょうも雑誌のインタビューがあったんですけど、今朝まで忘れていたようで、ここに来る直前の八時になって、『十二時からですけど来られますか』と言われてしまって」

キャプテンの上野山が心配顔で言った。

後半戦から上野山も参加したいと言い出し、嶋尾、丸子両コーチ、筒美まどかを入れて六人となった。だが今朝は、筒美まどかは来ていない。

初のクライマックスシリーズ出場が見えて取材依頼が殺到しているが、他の広報部員は若くて経験が浅い。前職が本社会長秘書の彼女が取材の窓口となり、応じられるものはスケジュール調整し、できないものは断るなど上手に捌いていた。それが最近の彼女はミスが目立つというのだ。

「そういえば、最近の筒美さん、元気ないですね」

加賀谷球団代表も気づいていた。

「僕はこの反省会に出るつもりだったので七時から起きてましたけど、一緒に取材を受ける北野と東野はまだ寝てたんじゃないですかね。今頃慌てて準備してると思いますよ」

上野山が言うと、丸子が「僕は筒美広報が元気がないのは、小此木オーナーが影響しているんじゃないかと思うんです」と瑛子と同じことを言い出した。

他の人間がいる前でその憶測はないと、「マル、筒美くんにおかしな噂が立つようなことを言うもんやないで」と窘めた。だが丸子からは「監督はそう思いませんか？」と逆に質問されてしまった。

「いや、それはまぁ……」急にボールを投げ返されておたおたしていると、丸子は「ほら、思ってますやん」と言う。「あの完璧な広報がミスを連発するんですから、そりゃみんな同じこと考えますよ」

「そんなことはない。完璧な人間かてミスすることはある」

「でもオーナーが来る前は、筒美広報は一つの勘違いさえしませんでしたよ」

生真面目《きまじめ》な嶋尾投手コーチまでが「あの二人、きっと訳ありの関係なんですよ」と加わってきた。

「二人は愛人関係にあったんですよ」

丸子は今度は愛人とはっきり言った。「監督だって、筒美広報は小此木オーナーの愛人だって疑ってたやないですか」

「疑ってへんわ」

「またまた、自分だけいい子ぶって。筒美広報がしょっちゅう東京に戻ってた頃は、『毎週、おめかしして帰って、東京になんの用があるんかな』と下世話なことを僕に聞いてきたじゃないですか」

そこまで言われてしまうと強く否定できない。それでも、このままでは自分が話を広めたことになりかねないと、「代表はなにか知ってるんじゃないですか。代表はしょっちゅう本社に顔出してるでしょ」と加賀谷にボールを投げた。

「えっ、私ですか？」

加賀谷も急に自分に回ってきたことに戸惑っていた。これではまるで破裂しそうな風船をパスし合っているようなものだ。

最初は加賀谷は「知らないですよ」とごまかそうとした。だが丸子から「代表は三年前まで、本社の企画部にいたんですよね。会長と筒美広報と一緒に仕事してたんじゃないですか」と突っつかれ、知らないと言い張ることは諦めたようだ。

「筒美さんは美人で、仕事もバリバリこなしていたので、会長のお気に入りでした。まぁそのような噂が社内でなかったわけではないですけど……」

「やっぱりそうだったんですね」と丸子。

「でも会長も二年前に結婚されて、一歳の男の子もいますからね」

結婚しているからこそ愛人なのだ。顔を上げると丸子と目が合い、逸らすと今度は嶋尾と視線がぶつかった。みんな同じことを考え、いっそう疑念を深めている。

「監督、一度、筒美さんの相談に乗ってあげてくれませんか」

加賀谷が急に振ってきた。

「わしですか。そんなこと言われてもわしは本社時代のことはよう知らんし」

「でも筒美さんは監督の広報です。それに筒美さんは監督のことを慕ってるわけだし」

「慕ってるって、日常の業務を手伝ってもらってるだけですよ」

後ろめたいことでも隠すように言ったが、その必要はなかった。ここにいるメンバー全員が小此木の愛人だと疑っているのだ。宇恵のことなど眼中にない。

「僕からも選手代表としてお願いします。これから取材が多くなるのに、手際よくこなしてくれた筒美広報が落ち込んでいると、選手はゲームに集中できませんので」

上野山からも頼まれた。広報が気もそぞろのせいで、チームの状態が下がってしまっては困る。

「分かった。それなら一度聞いてみるわ」

なんだかんだで、結局、宇恵は安請け合いしてしまった。

3

その夜、瑛子への電話でミーティングでみんなが心配していたことを話した。

〈みんなもそう思ってたのね。あの広報さん、本当に美人だから、男だったらほっとかないわよ〉

「メディアから『美人すぎる広報』と呼ばれてるくらいやし、本社におった時は会長の秘書みたいな仕事をやってたわけやしな」

宇恵自身、仮に愛人だったとしても彼女への評価を変えるつもりはない。開幕直前に監督広報に就いて以来、ほとんど休まずに出勤しているのだ。取材対応をこなすだけでなく、宇恵がコメントに困った時は助け舟を出してくれ、悪意のある質問は、上手に止めてくれる。記者と良好関係を続けているのもすべて彼女のおかげだ。

〈彼女の美しさって、今風って言うか、女優かモデルさんみたいだものね。目も大きくて、顔もちっちゃいし〉

これで最近の若い女性のようにつけ睫毛《まつげ》をつけたり、目の周りを真っ黒く塗っていれば、それこそバタ臭い顔になるのだろうが、彼女はメイクも上品だ。

下ろした髪を巻き髪にし、キャリアウーマン風のスタイルも男たちを惹き付けるが、宇恵には「反省の月曜日」に見せる顔が印象深い。スーツではなく、カジュアルな服装で、髪を後ろで束ねる。すると華やかな美人が、慎ましやかな女性に見える。もし夜のクラブででも出会っていたらただでは済まなかった。本人には申し訳ないが、こういう女性を世間では魔性の女と呼ぶのだろう。

「だけどおまえは筒美広報に会うたことはないやろ。なんで女優みたいやなんて分かるんや」

瑛子は新潟には一度も来ていないはずだ。新聞や週刊誌には載ったのでそれで言っているのかと聞いたが、瑛子はそれより前に筒美まどかを見たことがあると言った。

〈入団会見の時にテレビに映ってたじゃない。オーナーの横で笑顔がとても印象的だったわ〉

「入団会見？　あの場におったっけ？」

思い出すが、記憶にはない。

〈あら、見てなかったの？　美人と甘いボールは見逃さないが、あなたの信条なのに〉

「そんなの信条にしてるか、アホ」

言い返したが、あながち間違っているわけではない。女性の選球眼には自信がある分、美人は通りすがりでもつい見てしまう。まさかその癖を嫁に気付かれていたとは。

もっとも入団会見の時は、たくさんのメディアが来ていて、しかも「アイビス第三代監督の宇恵康彦氏です」と紹介された。その後も監督としての抱負やどういうチームにしたいかなどと質問攻めにされたものだから、周りを見る余裕はなかった。

「いくら男がほっとかない美人だといっても、やっぱり不倫はいかんことやけどな」

当たり前のことを言ったまでだが、〈どうしたのよ、急にテレビのコメンテーターみたいなことを言い出して〉と茶々を入れられた。

「そりゃそやろ。小此木オーナーは結婚しとるんやで。それも一歳の子供がおるって言うやないか。それを奪ってしまったとなると、オーナーの奥さんかて悲しむやろし」

〈その責任を筒美さんだけに押し付けていいの？〉

「別に筒美くん一人に押し付けてないけど」

言い改める。そうだった。むしろ宇恵が怒っているのは小此木オーナーの方だ。

〈それに好きになってしまったらしょうがないんじゃないかな。いくらいけないことだと分かっていたとしても、一度燃え上がってしまった恋の炎は簡単に鎮まらないのよ〉

「おまえ、ようそんな、世の主婦全員を敵に回すようなこと言えるな」

宇恵だって、瑛子が不倫女性を嫌悪していると思ったから、筒美まどかにも非があるようなことを言ったのだ。

〈それこそ当事者同士の問題であって、関係ない人間がとやかく言うことではないのよ。私たちは小此木オーナーの夫婦がどういう状況なのかも分からないわけだし〉

今はダブル不倫も普通にある時代だ。小此木の嫁にだって相手がいるかもしれない。

〈それに小此木オーナーにしても筒美広報にしても、あなたみたいな人に、とやかく言われたくないわって思ってるわよ〉

「わしか？　わしは後ろめたいことは何もあらへんで」

舌がもつれそうになるのをこらえて言い切った。けっしてないことはないが、もう何年も前なので時効だ。

〈私がなにも知らないと思ったら大間違いよ〉

急に口調が変わった。

「な、なにを言うとるねん」今度ははっきりと言葉を噛んでしまった。

〈つて、小此木オーナーの奥さんが怒ってたら大変なことになるわねってことよ〉

「おまえ、まぎらわしいこと言うな」

文句を言ったが、受話口からは瑛子の哄笑《こうしょう》が聞こえてきた。どうやら嫁に遊ばれている。宇恵はすっかり汗だくだ。

〈だけどもし本当にそういう関係だったとしても、世の中の不倫の多くは、男が甘い言葉を囁《ささや》いて発生しているんだからね。《女房と別れる》《必ず一緒になるから》とか実現できないことを言って約束したのに、ズルズルと引き延ばして、結局女だけが罰を受けることになるの。もしかしてそういう事情があって、本社でバリバリ仕事をしていた筒美さんは

アイビスに来たんじゃないの〉

「筒美くんにとって野球は専門外なんやから、その可能性はあるかもしれんな」

だとしたら二人の間に問題が生じたのは最近のことだろう。瑛子の話では入団会見の時は、彼女は小此木オーナーの隣で笑顔を振りまいていた。それが今は来るたびに切ない顔に変わっている。開幕直前に、二人の間になにかあったのだ。

「小此木オーナーが無理やり、異動させたとしたら職権乱用やな」

〈筒美さんから身を引こうと、球団への異動願を出したのかもしれないけどね。女は好きになってしまうと、全部、私が悪いと自分を責めてしまうから〉

筒美まどかの性格ならその可能性は高いか。

「だとしたら余計に小此木オーナーは酷い男やな。筒美くん自ら本社から離れたのに、オーナーが自分から顔を見せに来とるんやから」

〈忘れようとしていたのに、思い出させているとしたら、それは罪深いわよね〉

思い返せば、日増しに彼女の憂いが深くなっている感じがする。

〈筒美さんはあなたのためにここまで助けてくれたんだから、あなたが元気付けてあげなきゃ。もし一人で不安を抱えているなら、じっくり話を聞いてあげてね。どうして不倫なんかしたのとか、責めるのは絶対にダメよ〉

「分かった。そうする」

〈万が一、早まったことをしようとしたら、その時は止めてあげて〉

「早まったことって、まさか」

〈広報をやめることよ〉

なんだ、そっちかと安堵する。北陸の断崖《だんがい》からハイヒールを揃えて脱いで、日本海の冷たい水に飛び込むシーンを想像してしまった。

〈やめられて一番困るのはあなたでしょ？〉

「その通りや」

広報業務だけではない。「反省の月曜日」でも、彼女はコーチと一緒になって、前週のゲームを振り返り、気づいた点を指摘してくれた。女性ならではの視点で、若い選手がなにに悩んでいるのか、参考になったことは大いにある。

「折《おり》をみて飯でも誘ってみるわ。たくさんの仕事を押し付けてきたのに、これまで彼女にお礼をしたことは一度もないしな」

〈筒美さんの心がまだ小此木オーナーにあったとしても、今の筒美さんの上司はあなたなんだから〉

不倫している独身女性を頭ごなしに非難するわけではなく、あなたが上司なのだから助けてあげるべきだと主張する。うちの嫁はたいしたもんやと、瑛子の女っぷりの良さに改めて感服した。

4

火曜日、普段より早く球場入りした宇恵はコーチ室に向かった。中では丸子打撃コーチと加賀谷球団代表が資料を見て話し合っていた。

「おはようございます、監督」二人が声を揃えた。

「代表も早いですな」

「丸子コーチからきょうの相手ピッチャーのデータがほしいと言われましたんで用意したところです」

「マルも研究熱心やな」

「ここまで大詰めになりますと、一打席の一球がすごく大事になりますから」

以前の丸子はデータを重視するタイプではなかった。データを意識してしまうと、打者は打席で考え過ぎて、一打席に一球くるかどうかの甘い球を打ち損じてしまうことになりかねない。アイビスのような若いチームは、まずは投手の投げ損ないをしっかり打ち返すことから始めるべきだ——そう言い続け、丸子はこの一年間、毎日選手と一緒に早出特打ちで汗を流してきた。

一方、以前の加賀谷は、丸子のような熱血漢コーチを「効率的でない」と否定的だった。「試合前にへとへとになるまで練習するスポーツなんて野球だけですよ」と注意し、よく言い争いをしていた。

相反する二人が、早くから出てきて相談しあっているのだ。お互いが相手を尊重しだした証拠だ。三年連続最下位のチームが終盤までAクラスを死守していることで、コーチとフロントにも一体感が出てきた。

宇恵もそのデータ分析に加わろうと思った。だが加賀谷は資料を渡しただけで「では、私はこれで」と引き揚げてしまった。

「どないしたんや、代表は」

よそよそしく、宇恵に合わす顔がないといった雰囲気だった。

「筒美広報のことですよ」丸子は白状した。

「代表と筒美くん、なんかあったんか」

「昨日、球団事務所で二人きりになる機会があったんですって。そこで朝の反省会に来ていなかったことを、加賀谷代表が筒美広報に聞いたそうです」

「筒美くんはなんて言うてたんや」

「寝坊したって答えたみたいです」

「なんか筒美くんらしくない理由やな」

「加賀谷代表もそう思ったそうです。それでその時に監督にお願いしたことを聞き質したそうですわ」

「小此木オーナーとのことか?」

「加賀谷代表は、広報はフロントの一員だし、ここは自分が聞くべきだと使命感に燃えたみたいです」

「それで筒美くんはどう答えたんや」

早く顚末《てんまつ》を聞きたくて促した。

「筒美広報からは、代表には関係ないことです、と一蹴されたそうです」

だがそこで丸子は渋い顔になり、顔を左右に振った。

「まさか代表は、そう言われてすごすご引き揚げたんやないやろな」

「関係ないことと言われれば、なにも言えんでしょ。そのまま黙ってしまったそうです。筒美広報はしばらく仕事をしてましたが、終わったらなにも言わんと帰りはったそうです」

「それはまた余計なことを……」

それでやめるなら、最初から聞かんでくれ。余計に宇恵から話しづらくなった。

だが彼女がそう言ったということは、不倫を認めたも同然だ。

「加賀谷代表が言うには、昨日の筒美広報、仕事中に何度もため息をつき、携帯の画面を見てはしまう仕草を繰り返してたとか」

「オーナーとメールのやりとりをしてるんかな」

「代表は、それはないんじゃないかって言ってましたけどね。オーナーの奥さん、メールチェックとかも厳しいそうですし。こういうケース、独身女性はまず既婚男性の生活を考えて、自分から送るのは遠慮するやろし」

「それなら、なんで携帯を見んねん」

「そんなの簡単やないですか。筒美広報はオーナーからメールの連絡を待ってるんですよ。恋する女性ってそういうもんですやん。待って、待って、待ち続けるんです」

最後は演歌歌手のように握り拳を作った。「筒美広報、小此木オーナーに手籠《てご》めにされたのかもしれませんよ」

丸子は両手でゆっくりなにかを揉むような恰好をした。

「手籠めって、今時、そんな言葉を使うのはおまえくらいや」

宇恵は苦笑したが、丸子は「そうですかね。加賀谷代表は、小此木オーナーはドSだって言うてましたよ」と好奇心いっぱいの目で話を続ける。

「会社でもそういうところがあるんですって。ミスに厳しくて、女性社員が泣きそうなほど叱る。でもその社員が一生懸命頑張ると、優しく励ましたりするから、大抵の女性社員はコロっといってまうって」

「筒美くんはそんな野暮《やぼ》な手には引っかからんわ」

「彼女のような完璧に仕事をこなす女性の方が、そういう男に弱いんですよ。彼女、今まで叱られたことだってないでしょうし」

宇恵は叱ったこともなければ注意したこともない。そもそもミスをするようなタイプではないのだ。

「それにああいうしっかりした女性の方が、実は好きな男の前では従順で、なんでもいうことを聞くって言うやないですか」

「おまえ、ええ加減にせいよ。そういう生々しいことを言うと想像してまうやないか」

「なにを想像してはるんですか？」真顔で聞かれた。

「べ、別にしてないけど」

そうは言ったものの、頭の中では相当に卑猥《ひわい》なシーンが浮かび、その映像を消すのに必死だ。

「やっぱり今のは取り消しにします。僕らが自分たちの広報を侮辱するようなことを言うたらいけませんね」

丸子は自戒するように言い改めた。

「ああ、そや。愛人の話からして、二人が認めたわけでも、証拠が出たわけでもないんやしな」

「僕もいろんなチームで選手やコーチをやってきましたけど、あれだけチームのために働いてくれる広報はいません」

「わしもその意見には同感や」

与えられた仕事をきちんとこなした広報はいたが、筒美まどかほどチームへの思いやりを持った広報はいない。

「やはり監督が相談に乗ってあげてください」

「代表が断られたのにか？」

「チームの中心である監督に聞かれたら、誰だって答えなくてはいけないと思うでしょ」

「それやったらおまえやれや。普段のおまえは僕がなんでもやります、僕は監督の分身ですって、言うとるやないか」

「分身なんて言いましたっけ？　監督は唯一無二の存在ですよ。僕なんか遠く及びません」

「おまえ、さすがにそれはずっこいわ」

腕組みをして体を斜めに向けたが、丸子は見て見ぬ振りだ。

「だって、そやないですか。代表で無理なもん、僕が言っても気を悪くされておしまいですって」

まぁそうだろう。最後は監督の自分が聞くしかない。今や彼女はチームにとって欠かすことのできない存在である。万一シーズン途中で彼女がチームを去ることになれば、選手全員が意気消沈し、今後のゲームにも関わってくる。

やはり食事に誘うのがいいか。だが丸子に散々、おかしな想像をさせられたせいで、誘う取っ掛かりが摑めそうにない。

5

六連勝に向けて、アイビスはその夜も投打とも好調だった。

七回を終わって五対三でリードしている。嶋尾コーチが八回の頭から左のリリーバー、榎本をマウンドに送った。榎本とクローザーの東野はこの連勝中、すべてのゲームで投げているため、榎本は六連投になる。

榎本はさすがに疲れていた。先頭打者を四球で歩かせた。すでに今シーズンの登板数は六十を超えている。去年も一昨年も六十試合を投げているが、最下位だったチームで投げるのと、Aクラス争いをしている緊迫したゲームで投げるのとでは体力の消耗度も神経のすり減り具合も違う。一球投げるたびに肩で息をしており、ボールも走っていない。

榎本は続く打者を八球粘られたが三振に取った。

「ええぞ、榎本、一人ずつ取っていこうや」

宇恵はベンチから激励した。

「会長、ワンアウト取りました。大丈夫です」

背後の扉から声がした。ドアが少しだけ開いていて、会長秘書が覗いているのが見えた。まだ八回やというのにもうお見えか……試合後にファンから歓声を浴びることが快感になった小此木は、スタンドの二階にあるオーナー席で待っていられないのだろう。

榎本は続く二人の打者に連続ヒットを打たれて一死満塁とされた。

「守備隊形はどうされますか」

守備コーチが相談にきた。ホームゲッツーか、6―4―3の併殺を狙いにいくかという相談だ。ホームゲッツーを狙いたいところだが、前進守備隊形をとれば、野手の間を抜かれる危険性は高くなる。

「二点差あるんだ。一点くらいあげてまえ」

宇恵は通常の守備隊形にして、二塁併殺を狙うよう指示した。

榎本はシンカーを引っ掛けさせ、遊ゴロを打たせた。上野山が素早く処理して、二塁の林に送り、一塁ポコへと渡る。走者がベースを踏むのと際どいタイミングだったが、一塁塁審はセーフと手を開いた。

「惜しい」宇恵は指を弾いた。それでも三塁寄りの打球だったため、前進守備を敷いていたら、打ち取っていた当たりなのに内野を抜かれていた可能性もある。

併殺が取れなかったことにスタンドのファンもため息を漏らしていた。それより耳に入ってきたのが背後の扉の向こうから漏れてくる嘆き節だった。

「今のはアウトだろ」

小此木の声だ。いつの間にか扉の開きが大きくなっており、その隙間から小此木の顎鬚《あご》が見える。

「でもツーアウトですから大丈夫です。この回抑えたら、九回は目下、十試合連続無失点の東野ですから」秘書が必死に説明している。

その声はもちろん、宇恵の近くに立っている筒美まどかにも聞こえている。グラウンドをじっと見つめる彼女の横顔には物憂さがいっそう濃く浮かんでいる。

丸子も気づいていた。不快な顔でちらちらと背後を窺っている。

「マル。ドアの向こうにおる連中に、試合終わるまでオーナー席でおとなしく待っとけと言うてこい」

「言えませんよ、そんなこと」

榎本は続く打者にはストレート二球で追い込んだ。捕手の住吉が外角に構える。得意のチェンジアップを要求したのだろう。だが甘く入った。快音とともにスタンドの声は遮断され、打球は左翼席中段まで届いた。逆転スリーランで五対七……八回二死までリードしていただけに、ベンチから声が消えた。

ドアの向こうの小此木もショックを受けたはずだ。それとも立腹したか……声どころか、気配さえなくなった。宇恵は開いていた扉を足で蹴っ飛ばして閉めた。

6

結局、ゲームは敗れ、連勝は五でストップした。

選手は落ち込んでいたが、「こんな日もある。ドンマイ」と宇恵は盛り上げた。

打たれた榎本が気落ちしているのが心配だった。投手コーチの嶋尾が小言を言うのが気になり「嶋尾コーチ、逆転負けは悔しいけど、東野を休ませられたことは良かったかもしれませんね」と伝えた。

嶋尾は榎本に近づいた。「打たれた球は悪いボールではなかったから、引きずるなよ」と珍しく選手に優しかった。

筒美まどかと監督室に戻ると、ノックされて本社の会長秘書が顔を出した。

「会長が皆さんに声を掛けたいそうです。監督も来てください」

怒って帰ったわけではなく、試合終了まで残っていたようだ。

まさか逆転負けした腹いせに選手を怒鳴りつける気か。そんなことされたらたまったもんやないと宇恵は急いで監督室を出た。筒美まどかも一緒に行こうとする。

「筒美くんも来るんか」

「もちろんです」平然と言われた。来るなといえば、どうして来ない方がいいと思っているのか、説明しなくてはならない。

「じゃあ、一緒に来てくれ」ロッカールームに向かって並んで走っていく。

すでにオーナーの演説は始まっていた。予想と違って笑顔だった。

「こういう悔しいゲームをたくさん乗り越えてこそ、今の皆さんの活躍があるのです。今シーズンも残り十試合を切りました。目標のクライマックスシリーズまで、きょうのような苦しいゲームがたくさん待っていると思います。一喜一憂することなく最後まで戦ってください」

いちばん一喜一憂していたくせに、選手の前では立派なことを言っていた。ダッグアウト裏まで降りてきての逆転負けに、腸《はらわた》が煮えくり返っているのかもしれないが、感情を押し殺して笑顔で話せることも、優れた経営者の資質なのだろう。

小此木は宇恵がロッカールームに入ってきたことに気づいた。だが見たのは一瞬で、演説の続きをする。

「それとメディアなどの報道で、私がクライマックスシリーズ出場を宇恵監督に厳命していて、それを果たせなかった時は、また大粛清をするかのように言われていますが、そんなことはありません。私は結果も重視しますが、それ以上にプロセスを大切にしています。宇恵監督をはじめ、コーチ、選手皆さんが一体となって、戦っている姿に、私自身が感銘を受けました。私も新潟の野球ファン同様、アイビスのファンの一人だということを、皆さんは忘れないでください」

会長秘書が拍手をし、選手も続いた。

宇恵も仕方なく拍手をした。まるでクライマックスシリーズに進出するかしないかにかかわらず、来季の続投を要請されたようなものだ。

もっともこれは選手や宇恵にというより、チーム外に向けて言ったものなのだろう。なぜなら、オーナーが演説している間、普段は閉じているロッカールームの扉を、秘書が開けっぱなしにしていたからだ。

出入り口でマスコミが顔を覗かせ、メモを取っている。オーナーはいかにチームを愛し、温かい心を持っているか、すべてが世間に向けてのアピールなのだろう。

小此木が引き揚げてから、宇恵は監督室に戻ろうとした。

「監督、今の小此木オーナーの続投要請、どう受け取られますか」

さっそく、記者から質問攻めにあった。普段なら「会見はあとで行います」と筒美まどかが制してくれるが、彼女が出てこないのでなかなか道が空かず、前に進めない。

「今はペナントレースに集中しているので」

そう言って宇恵はなんとか監督室にたどり着いた。

扉を閉めて、筒美まどかと二人きりになった。なにか話しかけないといかんと、宇恵は切り出した。

「まったくいきなり選手に声を掛けると聞いた時はなにを言い出すかと心配したけど、結果よりプロセスを重視するなんて、オーナーもたまにはええことを言うな」

「そうですね」

最近はこんな短い言葉しか返ってこない。

これ以上、小此木の話をするのは彼女にも殺生《せっしょう》だろう。だからといって他に話すことも思い浮かばない。宇恵はユニフォームを脱ごうと、ボタンを外し始めた。

「では私、失礼します」

宇恵が着替え出すと筒美は出ていく。この一年間に監督と広報の間に出来た習慣だ。このままでは、明日もまた彼女の辛そうな顔を見なくてはならない。

「筒美くん、たまには飯でも行こか」

途中までボタンを外したところで思い切って口にした。

「どうしたんですか、負けた試合なのに」

部屋を出かけた彼女が足を止めた。彼女は負け試合は宇恵がまっすぐ帰る習慣も知っている。だが小此木のせいで逆転負けしたショックも吹っ飛んだ。

「連勝が止まったからこそ、たまには気分転換も必要やろ。監督がいつまでも負けを引きずってたらチームにも悪影響やしな」

そう言ったところで断られると思った。二人だけで食事をしたこともなければ、誘ったこともない。

筒美まどかは少し考え込んでいた。彼女はそこで大きな瞳を宇恵に向け「では、お供させていただきます」と言った。

7

何度か一人で来たことのある古町《ふるまち》のはずれにある寿司屋に行った。

無口な大将と美人の女将《おかみ》さんが二人で切り盛りする小さな店だ。普段はカウンターに座るが、この日は奥の座敷にしてもらった。幸いにもカウンターに客はいない。これなら込み入った話になっても大丈夫だ。大将や女将さんには聞こえたとしても、口外しないだろう。

この店は大阪ではなかなか食えない日本海のネタを出してくれるので、お気に入りだった。新鮮なのはもちろん、のどくろの炙《あぶ》り、金目鯛《きんめだい》の昆布《こぶ》じめ、エビ味噌を混ぜた煮切り醤油をつけた甘エビなど、大将が一手間かけてくれるのもいい。シャリが小さめなのでいくつでもいける。だが宇恵が次々に口に入れたところで、筒美まどかは手を出そうとしなかった。

「筒美くん、はよ、いってや」宇恵は促す。「一つ食ってみぃ、旨さにびっくりするで」

ようやく手を伸ばして一つ食べた。

「美味《おい》しいです」

時間がかかったが、少し笑顔が出た。宇恵もほっと息をついた。

「せっかく新潟に来たんや。大阪にはないもんと思って、試合のない日はしょっちゅうこの寿司屋に来てるんや。寿司屋はいろいろ行ったけど、ここが一番やった」

この店の大将から「水と塩の両方がいいのは日本中でも新潟が一番です。だから新潟の寿司屋で地酒を飲むのは最高の贅沢なんです」と言われたことがある。その話もした。プロに入ってから、遠征で日本中を巡ったが、寿司と日本酒がこんなに合うことは、新潟に来て初めて知った。

脂の乗った佐渡の大トロを一口で食べた。食欲が出てきたのか、彼女も口に入れた。

「美味しい」

完全に以前の笑顔に戻った。

「口の中でとろけるやろ」

「はい、前に銀座で一番の店に行ったことがありますけど、そこより美味しいです」

そう言われたことで、誰と行ったんやとまた邪推してしまう。

銀座で一番の店だったらあの男以外にはいないだろう。だがそれを追及するために誘ったのではない。彼女を元気付けるためだと自分に言い聞かせる。

ビールが空いた。

「酒、いけるやろ」

「私、お酒はあまり強くないんです」

最初は断ってきたが、宇恵は「弱い人でも飲めるのを持ってきてくれませんか」と女将に頼んだ。女将は冷酒の小瓶を持ってきた。

「まぁ、乾杯だけでも」

小さなグラスを二つ用意され、女将が宇恵と筒美まどかの双方に注いだ。彼女はいける口だった。

「このお酒、ワインみたいですね」

感激すると、女将が説明を始めた。

「これは八海山《はっかいさん》の夏の純米酒というもので、夏からこの九月くらいまでの間だけ作っている季節限定ものなんですよ。うちではマイナス十四度の氷温で提供してます。うちのお客さんは『このお酒があると、とりあえずビールがいらないな』って喜んでくれるんですよ」

女将の話を聞きながら、彼女は小さなグラスを飲み干した。女将が「あら、もう空いたの？　じゃあもう一杯」と注いだ。ええぞ、女将。宇恵は表情に出さずに喜んだ。

「本当にこのお酒、飲み口が優しいですね。すっきりしてビールが要らないっていうのも分かります」筒美まどかは感激していた。

「アルコール度数でいうなら、普通の八海山が一五・五度に対し、このお酒は一七・五度あるんですよ」

「でも全然、強く感じません」

「そうでしょう、喉越《のどご》しがいいでしょ」女将は筒美まどかに笑顔で言うと、宇恵に流し目を送り、「でもアルコールは二度も高いんですけどね」とニッと笑った。どうやら宇恵が下心を持って連れてきたと勘違いしている。

筒美まどかは気にせずぐいぐいと飲んでいた。

「監督も飲んでください」と言われ、宇恵はグラスを空ける。

「八海山って新潟のお酒ですよね」と筒美まどか。

「はい。コシヒカリで有名な魚沼《うおぬま》産です」と女将。

「じゃあ、美味しいはずですよね」

調子が出てきた筒美まどかに「監督、もう空いてますね」とまた注がれた。美人にお酌《しゃく》されると酒がさらに旨くなる。

女将が二本目を持ってきた。それも簡単に空になった。

筒美まどかの白い頬がうっすらと赤らみ、いっそう色っぽくなった。

お椀《わん》が来たところで彼女はカバンから髪留めを出し、長い髪を後ろで留めた。宇恵の好きな髪型だ。絶対に振るな、打ってもアウトになるのが分かって、手を出してまうボール……筒美《みと》まどかはそんな女だ。この点だけは小此木にも少し同情してしまう。

少し見惚れてしまったせいか、会話が止まった。彼女が気づき、宇恵の顔を見た。

「あっ、やっぱり新潟の魚はうまいなぁ。このチームに来てほんまに良かったわ」

脈絡もなく呟いたが、彼女からの返答はなかった。わざとらしかったなと反省したところで、「監督も私と小此木オーナーのことを疑われているんですよね」と真顔で言われた。遠回しに聞き出すつもりだったのが、いきなり胸元に危険球を投げられ、「い、いや、そんなことないで」と動揺する。

「いいんです。私自身、オーナーが来るようになって自分が冷静でいられなくなっているのが分かってますから」と自分から認めた。「仕事でもミスをして、選手の皆さんにもずいぶん迷惑をかけていますし」

「別に迷惑はかけてないけどな」

「いいえ、かけてます」

そう言われるとなにも言えなくなる。彼女も沈黙した。その沈黙に耐え切れず、宇恵は意を決して切り出した。

「でもオーナーも酷いよな。きみを捨、いや傷つけておいて、平気で顔を出すんやから」

あわや捨てると言って、彼女の傷口に塩を塗るところだった。

「だいたいこういうのは男の身勝手さから生じるもんやろ。とくに既婚者の場合はそうや。わしは経営者としての小此木オーナーは立派な人やと尊敬しとるけど、でも今回のことはどうかなと思てる」

一方的に小此木を悪者に仕立て上げたのに、彼女から「オーナーは悪くないです」と言い返された。瑛子が言っていた通りだ。好きになってしまうと、私が悪いと自分を責める。ここで小此木の味方をすることじたい、彼女の気持ちがまだ小此木に傾いている証拠だ。

「結婚しているのに誘ったのはオーナーなんやから、やっぱりオーナーの方に問題あるんやないか」

すぐさま「違います」と強い口調で遮《さえぎ》られた。加賀谷はこういう言い方をされて、しょげてしまったのだろう。

しかしここでやめてしまえば、二度とこの話ができなくなる。宇恵は「不倫は男女両方に問題があるのは分かってる。だけど本社からきみを新潟に異動させたんやから、やっぱりオーナーは自分勝手や」と言い続けた。

「それも違います。球団へは私が希望したんです」

これも瑛子が予想した通りだ。

「きみが身を引いたってことか」

「引いたわけではありません」否定された。

「まだ付き合ってるってことか」

「違います」

「だったらどういうことや」

複雑な事情があることが分かっていても聞かずにはいられなかった。

「不倫でもなんでもないんです。だって私の片思いなんですから」

彼女は潤ませた瞳を宇恵に向けた。

8

二人の出会いは今から十二年ほど前だった。

商社を退社した小此木が、オアフコーヒーの一号店を都内で開店した時に、当時高校三年生だった筒美まどかがバイトとして入った。

当時は世田谷の小さな店で、将来全国展開するとは彼女も想像していなかった。小此木もエプロンをして、彼女がオペレーション業務と呼ぶ接客をしていたそうだ。

「小此木会長のオペレーションは早いだけでなく正確で、同じコーヒーでも会長が淹《い》れるのと他の人とでは味が全然違いました。会長は、どうすればお客さんが喜んでくれて、お店の評判が広がっていくのか、ちゃんと将来のビジョンも持っていました。それを部下に押し付けるのではなく、私たちアルバイトからもアイデアを募集してくれて、いいものは採用してくれたんです。私は大学に入ってからもバイトを続け、卒業するまで五年間やりました」

小此木にいつしか恋心を抱いた筒美まどかは、大学卒業後はオアフコーヒーに入社しようと決めた。

だが大学に入った頃からチェーン店は増え始め、大学二年くらいからは、小此木は本社業務に忙しくて店には出なくなっていた。

小此木と一緒に働くなら、店舗を任されるぐらいではダメだ。本社の中枢に入って、経営に参画するまでの知識や判断力を身につけなくてはと、彼女は卒業後はアメリカの大学に留学し、帰国後、念願だったオアフコーヒーに入った。最初は数店舗を任されるスーパーバイザーで、それで業績をあげると会長室勤務になった。それが三年前、小此木が三十七歳、彼女が二十六歳の時だった。

「筒美くんの気持ち、小此木オーナーは知ってたんやろ」

一途に思い続けて会社にまで入ったのだ。筒美まどかも「気づいていたと思います」と答えた。

だが一度そう言ったのに「でも私は心の中に隠して口には出さなかったですし、会長もオアフコーヒーを全国に広げることで忙しかったですから、気づいてなかったかもしれません」と言い直した。思いに気づかれて振られるよりは、いっそ気づかれなかったと思った方がいい……このあたりも複雑な女心かもしれない。

「会長がどんどん有名になられたので、私では会長の相手にそぐわないと諦め、他の人とお付き合いしたこともあります」

「そやったんか」

「でもやっぱり会長と比べてしまうと頼りなくて、長くは続きませんでした」

一度は諦めた。そうやって無理やり気持ちを断ち切ると、人の本能はますます進んではいけない方向へと逆行してしまう。

「それで余計に好きになってしまったんやな」

聞いてから今のは無粋《ぶすい》やったと思ったが、彼女は素直に頷いた。

また会話が止まった。間が持たなくなり、宇恵はグラスの八海山を空けた。彼女のグラスも少なくなっていたので注ぐ。彼女はぐいと飲んだ。宇恵も一気飲みした。結構酔いが回ってきた。

「でも一番いけないのは私です。私がついに告白してしまったんです」

「それっていつのことや」

「二年前です。ちょうど会長が今の奥様と婚約中の頃でした」

だんだん声がか細くなっていく。

「奥様は東和《とうわ》銀行の将来の頭取と言われている取締役の娘さんです。でもわがままな方なので、交際していくうちに会長、デートの日は気が重そうな顔をするようになりました」

将来の頭取の娘ならわがままで当然だ。そういえば丸子は、小此木の妻は夫のメールもチェックすると加賀谷から聞いて話していた。それでも銀行の幹部の娘をもらうことは小此木も事業を拡大していくには重要だったはずだ。

「会長が幸せになられるなら、私はきっぱり諦めるつもりでした。でも気乗りしないなら、私、勇気を振り絞って立候補しようと。それでダメなら諦めようと思って……」

「それで告白したんか」

「はい」

半べそをかきそうな顔になった。

長年の思いを告白した。だがその答えは聞かなくても分かっている。断られたから彼女は小此木の妻にはなれなかったのだ。その先は言わなくともいいのに、彼女は目元をおしぼりで拭き、言葉を絞り出した。

「会長からは『筒美くんは僕にとって妹も同然だ。だからきみとは結婚できない』って言われました」

そこで彼女の顔が崩れ、ついに泣き出した。

「おい、筒美くん」

慌てた宇恵は慰めようと両手を出した。彼女はその手を両手で握ってきた。宇恵にとっては一年ぶりくらいに接した女性の手だった。ひんやりと冷たくて柔らかい。視線を感じ背後を振り返ると、大将と女将が好奇の目で見ていた。

「そうか、そういう辛いことがあったのか。まぁきょうは辛い思いは全部吐き出して、飲もうやないか」

もはや宇恵には酒を勧めることしか出来なかった。きれいにマニキュアが塗られた彼女の左手の指を一本ずつ解き、自由になった右手でお酌する。だが左手は甲の上から握られたままだ。彼女も空いた左手を使ってグラスに口をつける。

「筒美くん、そんなに無理して飲まんでも」

「大丈夫ですよ、全然酔ってませんから」

呂律《ろれつ》も少しおかしい。

「それって二年前のことだろ？　その後も今年の三月までは会長室で秘書として働いていたってことだよな」

「はい。会長からはオアフコーヒーの社員として筒美くんは必要だと言われましたから」

そこで切られるより、社員として必要としていると言われた方が嬉しいのかもしれない。小此木は働く人の心が分かっている。だけども女心が分かっているかと言えば微妙なところだ。

「筒美くんは自分からアイビスに行かせてほしいと志願したと話していたよな？　なんで急に言ったんや」

「それは奥様がいろいろ疑い始めたからです。去年、お子さんを妊娠中に会長の浮気が発覚したこともあって……タレントさんなんですけど」

「妊娠中にタレントと浮気やて、あのいけずのオーナー、陰でそんなことしてたんか」

婚約中に筒美まどかの告白を断ったと聞いた時はよく出来た男だと感心した。これでは下半身に人格なしの最低の男だ。それでも彼女は「仕方がないんです。奥様が会長の身の回りのお世話をしない方なんで」と擁護する。

「だからって、妻が身重《みおも》の時に、浮気が許されるもんやないやろ」

「それはいけないことですけど」

そこは彼女も認めた。少し腹が立ってきたのかもしれない。残りを一気飲みした。片手は宇恵の甲に乗せたままだ。

「だいたい、きみの仕事の能力を買っておいて、嫁さんが疑い始めたら、きみを邪魔者扱いしたんやろ？　それって問題ありやと思うで」

「別に邪魔者扱いしたわけではないですけど」

「急によそよそしくなったんやろ。それできみの方からアイビスに行きたいと言ったんやろ」

「その通りです」彼女はついに手酌しだした。「監督もどうぞ」と注がれたので釣られて飲む。二人で五本は空けている。

「筒美くんは、本当は『きみは野球チームになんか行かなくていい』と止めて欲しかったんやないんか」

図星だったようだ。また顔が歪んだ。突然左手が伸び、宇恵は右手も押さえられた。テーブルの真ん中で宇恵の両手に彼女の両手が乗ったおかしな格好になった。そっとどかそうとするが、どきかけたところでまた上から捕まえられる。

乗せた手を、彼女は宇恵の指の間に一本ずつ絡めてきた。右手も左手も指同士が交差したままだんだん宙に持ち上がっていく。まるでレスリングの力比べをしているようなおかしな格好になった。

「そうなんです。私はやっぱり止めて欲しかったんだと思います」

二人で両手を合わせるように握った恰好で、男女の心が縺《もつ》れ合った会話が続く。宇恵も汗ばんでいるが、彼女の手も濡れていた。すっかり乙女顔だ。もしや宇恵が小此木に見えているのではないか。

「やっぱりわしは、小此木オーナーはどうしようもない男やと思うわ。男としての価値はない。ちんけな男や」

こうなったら小此木の悪口に徹するしかないと声のボリュームを上げた。

「はい、私も急にそう思えてきました。ちょっとカッコいいからって、自分勝手だと思います。奥さんに頭が上がらないくせに」

「そや、あんな男、忘れちまえ」

「十七歳からの私の十二年間を返せと、本社に乗り込んで叫んでやりたいです」

「言ってやればええんや」焚きつけた。

力比べの格好のまま、彼女は潤ませた瞳でじっと宇恵を見ていた。座敷にして良かった。カウンターに並んで座っていたら、抱きしめるしかなかっただろう。

「でも私、会長と一度だけあるんです」

しばらく考え込んでいた彼女が急に言い出した。

「ちょっと待ってくれ。きみ、さっきはなにもないって言うたやないか」

予期せぬ告白に宇恵はうろたえる。

「最後まではないです。でも酔った勢いで途中までは……」

「途中まで?」

「途中までとは、えっと……」

「やめい、その先は言わんでええ」

どこまでなんやと気になったが、慌てて遮った。聞いてしまえば明日からなおさら顔を見られなくなる。

9

翌朝、強い朝日で起こされた宇恵は、眼球を左右に動かしてここが自分のベッドであることを確認した。

トランクス一枚で、上半身は裸だった。なぜか右手にグレーのハイヒールを片方だけ持っていた。この靴、見覚えがある。

やってもうた――昨夜の記憶が呼び戻され、慌ててベッドから飛び起きる。

「筒美くん」

返事はなかった。ベッドから降り、隣の部屋と台所、風呂場まで見るが姿はない。

「トイレか」

失礼と思いつつノックするが、返事はなかった。トイレにもおらず、姿どころか、もう片方のハイヒールさえ宇恵のマンションにはなかった。

寿司屋に電話を入れた。いったい記憶を失ったわしらになにが起こったんや。こわごわと呼び出し音を聞いていると、女将が出た。

「筒美さんなら一人で帰りましたよ。監督も一緒に見送ったじゃないですか」

女将の話によると、夜中の二時まで飲み続け、二人とも正体をなくすほど酔ったそうだ。宇恵は女将にタクシーを呼ぶように指示した。筒美まどかと肩を組み、女将に手伝ってもらって、タクシーの後部座席に彼女だけを乗せた。運転手に彼女のマンションの場所を伝え、一万円を渡したらしい。

「彼女、もしかして靴脱いで帰りました？」

「つっかけで帰りましたよ」

「つっかけ？」

「座敷の下に置いてあるじゃないですか、トイレに行く時用の。筒美さん、相当酔ってたから靴と間違えたんです。うちの大将が気付いて、走って持ってきたんですけど、片方を渡したところでタクシーのドアが閉じてしまって」

なるほどそれで片方だけなのか。

「それで監督が明日、わしが渡すからええって受け取ってくれて」

いかにも自分が言いそうなことだ。

「でもあたし、監督のこと見直しちゃいましたよ。彼女、監督に家まで送ってくださいって甘えてたのに、監督は『また今度な』って断ってらっしゃったから」

「当たり前やないか。彼女はうちの広報やで」

きっぱりと言ったが、同時に嫌な想像が過《よ》ぎった。

「当然、わしはタクシーで帰りましたよね」

「いいえ。夜風に当たるからええって歩いて帰りましたよ」

意識を失うほど酔うと、昔から歩いて帰る癖がある。

「靴持ってですか」

「そうですよ。袋に入れますかって聞いたんですけど、面倒くさいから要らんって。靴持ったまま、手を振ってくれました」

わしはアホちゃうんか。繁華街を、片方のハイヒールを握ったまま堂々と帰ったのだ。町の人からアイビスの監督は変態だと思われたに違いない。

球場に着くとすでに筒美まどかは来ていた。昨夜の記憶がうっすらと残っていたようで、気まずそうな顔をし、「昨夜は醜態を見せてしまい、すみませんでした」と両手を前で揃えて謝った。

「あっ、そや、これ……」言葉に詰まりながら紙袋からコンビニのビニール袋を出して渡した。彼女はハイヒールの片方と分かっていた。

「もし持ってきとるのなら、わしが返しとくで」

「はい、すみません」

頬を赤くしてカバンからデパートの紙袋を出した。中は覗かなかった。いつもスーツ姿のやり手の広報が、寿司屋の便所に行くためのつっかけを履いて帰ったのだ。彼女にしてみたら永遠に封印してほしい秘密だろう。

「昨日の寿司、ほんまに旨かったな。また行こうや、筒美くん」

わざと明るく笑ってその場を去った。お互い気まずさもあったが、なによりも昨夜の艶めかしい顔つきが細切れで思い出されてきて、その日は彼女の顔をあまり見ることができなかった。

試合はエース左腕のカーシーの好投に、打線が効率よく得点を重ね、六対三で勝利した。

ゲームセットと同時に、小此木が出てきて、選手とまたハイファイブを始めた。

筒美まどかを見た。昨夜は吹っ切っていたのに、また表情に切なさが戻っている。

「宇恵監督、これでまたきょうから連勝ですね。この調子でクライマックス進出を一気に決めてください」

近くまで寄ってきた小此木が、右手を出してきた。宇恵は、握手はした。だが顔は試合中の厳しいままでいた。

「オーナー、グラウンドはわしらの現場です。今後は降りてこないでいただけますか」

10

次の千葉で二位マリナーズとの直接対決、アイビスは三連敗を喫《きっ》して、貯金は「１」まで減り、また三位に転落した。

クライマックスシリーズ出場が間近に迫って選手が硬くなったこともある。だが一番の原因は宇恵にある。

「私は以前、結果にこだわらない、プロセスが大事だと言いましたが、やはり勝負の世界を任せている以上、結果を重視しないといけないと考えを改めました」

クライマックス出場をしなくても監督を続投させるという前言を小此木が撤回したのだ。

監督が代わればコーチも一新されるし、チーム編成も変わってくる。選手もなにがなんでも勝たなくてはと意識過剰になった……そう思ってしまうほど、この三連戦はミスが目立った。

マリナーズには抜かれたが、四位シーホークスとのゲーム差はまだ「１・５」ある。残り三試合を三連勝するか、それとも二つ勝ち、残り四試合のシーホークスが一つでも負ければ三位が確定する。

次はすでにリーグ優勝を決めた札幌ベアーズとのゲームだった。

Ｖ決定後は主力を休ませていたベアーズだが、アイビス戦からベストメンバーに戻した。第一戦はカーシーから勝利のダイヤモンドへのリレーが決まり、二対一で勝利した。

だがシーホークスも勝ったと連絡が入った。

二戦目、アイビス打線が相手のエースに封じ込まれ、〇対三で負けた。

貯金は「1」に逆戻りし、二連勝したシーホークスに「0・5」まで急接近された。

シーホークスは明日土曜日に神戸で一試合あり、それに勝利すれば同率になり、日曜日の最終戦、新潟での直接対決でどちらがクライマックスシリーズに出場するかが決まることになる。

同率で最終戦が引き分けだった場合、対戦成績が上のチームがクライマックスシリーズに進出する規則になっている。アイビスはシーホークスに今季十一勝十三敗と負け越しているため、勝つしか出場する方法はない。

「私のせいですね、すみません」

ゲーム後の監督室で、筒美まどかに頭を下げられた。

「監督が私を思って、会長に来るなと言ってくれたこと、私すごく嬉しかったです。だけどあれで会長が激怒したせいで、チームの調子がおかしくなったんだと思います」

「そんなこと関係あらへん。これも実力やし、最後にみんなでクライマックスシリーズ出場を喜ぶための試練やと思ってる」

だが筒美まどかは聞いているようではなかった。

「もしダメだった時は私が責任を取ります。会長に最後のお願いと頼んで、宇恵監督がコーチ、そして選手の皆さんと来年も戦えるように頼みます。私がオアフコーヒーグループから去ると言えば、会長はきっと聞いてくれると思います」

彼女のまっすぐな目が胸に刺さった。これだ、この目なのだ。メディアから「美人すぎる広報」と言われ、愛人じゃないかと噂されたが、それは彼女全体の雰囲気がそう思わせるのであって、間近で接した時の印象は違う。いつも宇恵や選手が試合に集中できるよう一生懸命尽くしてくれ、みんなに気を配る高校野球の女子マネージャーのような存在なのだ。

そんな広報だから、選手もコーチも、彼女が元気を失っていることに気づき、心配しているのだ。これほどまでにチーム全員から必要とされている広報はいない。

「筒美くん、きみは絶対広報をやめたらいかん」

彼女の澄《す》んだ瞳を見返した。

「選手というのは毎日必死に戦えば戦うほど疲れていく。だからこそ選手には、身も心もフレッシュな状態に戻してくれる純粋な存在が必要なんや。うちのチームにとって、その存在がきみや。だから絶対に広報をやめんでくれ」

思いつくままに言った。

「私は全然、純粋ではないですよ」

「いいや、わしらがここまで来られたんはきみがいたからや。このチームの目標は三位でクライマックスシリーズに出ることやない。リーグ優勝することや。いつか優勝するために、みんながきみを必要としている」

彼女は静かに聞いていた。だが伝わっているのは分かった。覇気を失っていた表情に、うっすらと色が戻った。

「そうよ、その顔よ」

笑みを浮かべて言うと、彼女も嬉しそうな顔をした。

「筒美くん、よく野球ファンには野球こそ人生そのものやと言う人がおるやろ。わしは本気でそう思てる。それは、野球が長いシーズン、勝ったり負けたりと五割前後を行ったりきたりするスポーツやからや。圧倒的強さで優勝したチームでも勝率は六割、ドンケツでも四割。それが翌年は四割が六割に逆転することもある。うちのチームも今年は大型連勝したり大型連敗したりといろいろあったけど、残り一試合で貯金『1』とほぼ五割や」

「去年までと比較したらすごいことです」

「人生も同じやで。終わったらみんな五割になるように平等にできてるんや。きみが長いこと辛い思いを続けていたとしたら、それはこれから大型連勝がくる前触れや」

「私は今年一年で、ずいぶん連勝した気分ですけど」

「なに言うてんねん。まだまだや。だけどうちのチームかてここまできたからには、勝率五割の四位で終わるんやなくて、貯金『2』の三位でクライマックスに出たいけどな」

「はい、そうしましょう」

彼女の笑顔を確認し、「ほいなら、明日な」と軽く手を上げ監督室を出た。球場の外は日が落ち、藍色の空が広がっていた。

新潟にきてからしょっちゅう夜空を眺めるようになった。

空気が澄んでいるので、プラネタリウムにいるような気分で癒される。神秘的な宇宙までが、ここでは間近なのだ。

あっと心の中で声を出し、星と星の間で、白みを帯びてよく輝いている小さな星を見つけた。

その星は凜としていて、形ばかり大きくて光りが鈍い周りの星たちまでよく引き立てている。

どうやら星の世界も自分らとよく似ているようだ。

第6話　祭りのあと

1

決戦前日の土曜日の朝、宇恵康彦は朝六時に目覚めた。

三位でのクライマックスシリーズ進出を賭けたシーホークスとの今季最終戦は、明日の午後二時から新潟トキメキスタジアムで行われる。

監督が気負ってどうするのだと昨夜は風呂に缶酎《かんちゅう》ハイを持って入り、ぬるめの湯にのんびりと浸かった。昨日の負けの悔しさは入浴剤と一緒に溶かしたつもりだった。

風呂から出て、いつものように瑛子に電話をかけた。

宇恵の性格をよく知っている嫁は「頑張って」や「悔いを残さないように」など特別な

ことは一切言わない。現役時代からずっとそうだ。記録のかかったゲームでも、優勝が決まる試合でも特別な言葉はなし。一度「どうして言わへんのや」と聞いたことがある。その時は「試合に出るのはあなただから」と言われた。

「なんか冷たないか？」その時は宇恵も不満に思った。

「私にはあなたを打たせることはできない。できるのは家でリラックスしてもらうことだけよ。それだったら野球の話はしない方がいいでしょ」

そう言われた瞬間、凝《こ》り固まった緊張がほぐれ、気持ちが楽になった。

昨夜もたわいのない話だった。フラメンコ教室の話とか、筒美さんが元気になって良かったわねとか……電話を終えた時には前向きな気持ちになれていた。

監督の仕事は、家を守ってくれている嫁さんの心境とよく似ている。先発メンバーの決定や采配など監督によってチームの勝敗が左右されることはいっぱいあるが、実際に動くのは選手だ。気合を入れたところで彼らが萎縮して、空回りしてしまったら元も子もない。データなどの準備はコーチやスタッフがしてくれる。宇恵がすべきことは、その日のゲームで選手が思い切ってプレーできるように、でんと構えることだ。

大量リードで浮かれることもなければ、リードされた展開に慌てることもない。一点リードの九回に無死満塁のピンチを招いたとしても、監督はなにも心配していないと選手に思わせる。まだ一年目のへっぽこ監督だが、この一年で宇恵もずいぶん成長できた気がしている。

だが気持ちは収まっても、寝るとなると別だった。酒を飲んで長湯したせいか、逆に体が火照《ほて》ってしまい、寝付けずに余計な考え事をしてしまう。試合のことは考えないようにしたのに、頭の中に勝手にシーホークスの打者が次々と登場し、ダイナミックなスイングで快音を鳴らしていくのだ。

けが人が続出しているシーホークスだが、それでも打線はリーグ屈指だ。とくに三番左打者の永渕《ながぶち》、四番右打者の室伏《むろふし》のコンビはそのまま侍ジャパンに入ってクリーンアップを打つ破壊力を持っている。

シーズンを通して好調だったのは永渕の方で九月前半には三割、三十本、三十盗塁のトリプルスリーを達成していた。三冠王も確実と言われていたが、九月に入って室伏が本塁打を量産し、現在は四十対三十九とキング争いで追い抜いた。

宇恵は室伏より永渕を警戒していた。自分と同じ左打者ということもあるが、年間四十発を放っていた全盛期の宇恵にもできないと思うほど、永渕のバットコントロールは巧みだ。崩されたタイミングでもボールを拾い、大きなフォロースルーでスタンドまで運ぶ。中継ぎ左腕の榎本が左打者に得意としている内角から外までベースを横切っていくスライダーにもバットが届く。クローザーの東野は右投手なのでなおさら苦労するだろう。

あれこれ考えていると、眠ったのかどうか分からないまま、窓から朝日が射してきた。

宇恵はベッドから起き、パジャマを脱いでシャワーを浴びた。髪をバスタオルで軽く乾かすと、ジャージのままマンションの一階にあるコンビニに向かった。

卵サンドとコーヒーと、レジの前にあるスポーツ紙をすべて購入する。どの新聞も明日の最終決戦が一面だった。

シーホークスはきょう土曜日にも試合があるので残り二試合だ。きょう負ければ一ゲーム差となり、明日の最終戦が引き分けでもアイビスが三位になるが、きょう勝って同率三位となれば、アイビスには勝つしか方法がなくなる。

今さら他力本願《たりきほんがん》したところで仕方がないと、宇恵はシーホークスがきょうも勝って、同率で新潟に乗り込んでくると決めている。

シーホークスもそのつもりのようで、監督はローテーションを入れ替えたそうだ。順番通りならこの日がリーグトップの十六勝をマークしているサウスポーの茂庭《もにわ》だったが、きょうは十勝をあげている外国人投手を投げさせ、茂庭は明日のアイビス戦に回す。新聞によるとシーホークスの監督は一ヵ月近く前から「今年の勝負はアイビスとの最終戦だ」と選手に予告していたという。

リーグで茂庭に次いで勝ち星が多いのはアイビスのエースで十三勝六敗のカーシーだが、木曜日のゲームで投げて中二日になるため、明日投げさせるとしてもリリーフでしか起用できない。

それでも十一勝七敗の左腕東が中五日で準備している。キャンプ中にトレードで入ってきた東は、一年を通してローテーションで投げたのは初めてだが、日本を代表するエースの茂庭と堂々と投げ合ってくれるだろう。監督が自分の選手が見劣りすると弱気になれば、選手は持てる力を発揮できない。そのことも、宇恵が監督をしながら学んだことだった。

2

家にいてもやることがないので七時半にはマンションを出て、散歩に出た。向かう先はアイビスタウンである。

昨日、加賀谷球団代表から「明日は土曜日ですけど、『反省の月曜日』をしませんか」と言われた。時間はいつも通り九時スタートだ。マンションから車なら十分かそこらで着くアイビスタウンだが、徒歩なら一時間以上はかかる。九時なら間に合うだろう。

反省というより残り一試合なので、話題は自ずと明日のシーホークス戦の対策になる。なのに加賀谷はいつも通り「反省」と言った。こういう追い込まれた状況になるとフロントもじたばたするが、三十歳の加賀谷は意外なほど落ち着いている。

米国の大学で統計学を学んだ加賀谷のことを、宇恵は最初、選手の気持ちを理解できないただの野球オタクだとみなしていた。実際、シーズンが開幕するまでは、ミーティングで選手にデータを配っては理解しづらい話を一方的に押し付けていた。時には選手を見下す発言もして、反感を買っていた。

それが毎週、反省会で宇恵と膝を突き合わせていくうちに、野球選手の気持ちが分かるフロントへと変わってきた。

分からないことは宇恵に質問し、選手がなぜそういう行動を採ったのかを理解しようとする。若手だろうが、控えだろうが一人のプロプレーヤーとして尊重するようになった。加賀谷が日々持ち歩いているデータにはシーズン途中から、ミスをした選手が次の試合でそのミスを克服しているかという項目が加わった。それをチェックしたいがために「監督、あの選手をきょうも使ってください」と頼んでくる。宇恵は、加賀谷が前日のどのプレーをミスと見ているか分かるようになった。だから「ええか、ファーストストライクは絶対見逃すなよ」などと注意して選手を送り出すようになった。

マンションのある大通りから細い路地に入る。土地鑑がなかったのに、今ではいくつも抜け道を覚えたくらい新潟の町に詳しくなった。

大阪では十月でも暑さは残るが、新潟の秋はつるべ落としだ。空気はまるで越後の日本酒のように芳醇でまろやかに感じる。春先は憎々しかった日本海からの強い風も、今はひんやりと心地よく、心が冷静になれるよう程よく冷やしてくれる。

この一年間、新潟ではたくさんのことを学んだ。

四月の中旬までは肌寒く、本拠地の試合では選手はハイネックのアンダーシャツにネックウォーマーをして練習していた。「そんなん巻いたら邪魔くさいやろ。走ったらすぐ温《ぬく》なるわ」宇恵は選手のケツを叩いた。だが北国の寒さは気合を入れて吹っ飛ぶほど生易しいものではなかった。ナイターが始まると宇恵が真っ先に寒さに耐えられなくなり「みんな風邪引かんようにしてくれ」とネックウォーマー禁止を撤回した。

七月には天の川を見た。宇恵は短冊に書いたつもりで、「秋にはみんなで喜べますように」と夜空に願った。その日のゲームではポコと北野が、彦星《ひこぼし》と織姫《おりひめ》に届きそうなほどの大アーチを夜空に届けた。

八月は毎試合、地元の人がスイカを差し入れてくれた。こんなに甘みが凝縮されたスイカは初めて食った。宇恵も選手と取り合うようにして切口にかぶりついた。

七十勝六十九敗三分け。二試合に一度しか勝っていないのだが、記憶に残っているのはいい思い出ばかりだ。

うっすらと黄色みを帯びている銀杏《いちょう》並木を歩くと、そよ風が吹いた。落ち葉と駆けっこをして、商店街へと入った。

「監督、明日のゲーム、頑張ってくんなせ」

犬の散歩をしていた老人に声をかけられた。

「ありがとうございます」

「シーホークスなんてやっつけてください」

今度はサラリーマン風の男性に言われた。

「鷹も強いですけど、朱鷺は天然記念物です。国の宝ですから」

「日本国民全員がうちらを応援していると思って頑張りますわ」

宇恵は答えた。

しばらく歩くと掃き掃除をしていた肉屋の婦人が「監督、ちょっと待って」と呼び止めた。

店に戻って「これ良かったら」とコロッケを持ってきてくれた。

「おばちゃん、ありがとう。朝からサンドイッチ一個しか食うてへんから腹減ってたんよ」

「監督には、新潟をたくさん元気にしてもらったから」

コロッケを渡すと婦人はまた掃き掃除に戻った。一口かぶり付く、またエネルギーが充電された。

その後も通りすがりの人から「頑張ってください」「お疲れらったね」と励まされた。

サインや写真をねだられなくなったのも宇恵が地元の一員になった証拠だ。

こうやって地元の人と交流するといっそう新潟に来てよかったと感じる。入団したチームで引退まで過ごし、チームの顔と呼ばれるのも嬉しいが、そういう選手は地元の温かさは知っても、日本には他にも素晴らしい場所があることを知らないまま野球人生を終えてしまう。アイビスの監督を要請された時、嫁の瑛子は義父の転勤を引き合いに出し、地元の社員との交流がのちの経験に活きたとして引き受けるべきだと勧めた。あれは最高のアドバイスだった。

もっとも新潟県民の温かみを感じ取れるのも選手が頑張ってくれたからだ。開幕三試合勝ち星がなかった時や六月に大型連敗をした時は大阪人同様のきついヤジを浴びた。明日のシーホークス戦で敗れた時は、批判に晒されるかもしれない。勝負の世界なのだから、それは覚悟している。

3

一時間以上はかかると思っていたが、八時半にはアイビスタウンに着いた。細い階段を二階まで上がってミーティングルームの扉を開けた。

「おはよう」

「おはようございます」

加賀谷代表、嶋尾ヘッド兼投手コーチ、丸子チーフ兼打撃コーチ、広報の筒美まどかのいつものメンバーはすでに到着していた。

「コーチも早いですね」

年配の嶋尾に言った。

「どうも早く目が覚めてしまって」嶋尾は深くくぼんだ目を擦《こす》る。行く先々で優勝経験があり、天王山《てんのうざん》と呼ばれたゲームを幾度も制してきた名コーチでも緊張しているようだ。丸子も「夢の中でシーホークスの茂庭をどう攻略しようかとずっと考えてたんで、全然寝た気がしないです」と重そうな瞼で言った。

「で、結論は出たんか」

「まっ、ボコボコにしてやりましたけどね」

みんなを笑わせた。それでも彼も相当に悩んでいるはずだ。今年の茂庭との対戦は、五月に四回までに五点奪ってKOしたが、その後は三連敗している。

「あれ、どうしたんや」

部屋に選手が二人いたことに宇恵は驚いた。一人は後半戦から反省会に参加しているキャプテン上野山だったが、もう一人は正捕手の住吉で、「反省の月曜日」では初めて顔を見た。住吉は遠慮がちに部屋の端っこに立っていた。

「住吉も連れてきた方がいいと思って、僕が呼んだんです」

そう言った上野山は「立ってないで座れよ」と空いている椅子に着席するよう指示した。

住吉は遠慮しながら座った。

「監督と球団代表、コーチが、こういう会をやっていたとは初めて知りました。もっと早く知っていれば僕も来たんですけど」

研究熱心さと強気のリードで正捕手の座を摑んだ男だけに、自分も呼んで欲しかったと思っているのかもしれない。

「呼ぼうかと思ったけど、部屋が狭いしな」

宇恵は部屋を見渡す振りをしてとぼけた。小会議室とはいえ、十五人くらいは入れる。だが住吉を呼べば今度は投手も呼びたくなっただろう。

「それより早速、始めましょうよ、代表」

加賀谷に促し、先週のゲームをリプレーした。いつもより早回しの時間を多くして、失点シーンや得点できなかった場面に集中し、それぞれ気づいた点を口にした。

一時間半ほどですべて見終えた。きょうに限っては悔しさを体に染み付かせなくとも、すでに体から溢れ出すほど湧《わ》いている。

そして明日のシーホークス戦にテーマが変わった。

「問題は三番永渕と四番室伏の二人をどう抑えるかですよね」

住吉が切り出した。「例えば同点か、うちがリードした二、三塁や二塁の場面でどちらで勝負するかです。それを今から決めておいた方がいいと思います」

「おいおい、今から逃げる相談はしなくてもいいんじゃないか。おまえはシーホークス対策は頭に入ってんだろうし」普段は一刀両断する嶋尾が珍しく優しい口調で、少し笑みを混ぜて質した。

「その時、うちが誰が投げているかにもよるやろ。永渕は左で、室伏は右やで」丸子も目元を緩めて指摘した。

「僕は逃げているわけでもないですし、場面によって投げてる投手が違うことも分かってます。でも明日はいくら平常心でやろうと言ってもそうはいかないですし、最低限の約束事は決めておいた方が、ピンチになっても選手が慌てないと思います」

普段はおとなしい住吉が、結構ムキになって言い返した。宇恵はまずいと察した。

「住吉の言う通りかもしれんぞ」

部下が一生懸命訴えてきた時は、部下と同じ立場に立って喋ること。否定する場合は絶対に笑みは漏らさないこと。嶋尾も丸子も馬鹿にしたわけではなく、ここまで投手をリードしてきた住吉を立てて優しい顔をしたのだが、真剣な話をした時に、緩んだ顔で否定されると、選手は真面目に聞いてくれていないと勘違いする——これもこの一年、監督をやって学んだ。

「決めておくのはいいことやと思う。そやけども永渕、室伏のどっちを警戒するかとなると、これまた頭を悩ますところやけどな」

そう言いながら、宇恵の中では左の永渕の方が要警戒だと決まっていた。今、調子がいいのは室伏だが、永渕には大事な試合でやられている。だがそう思っていたのは宇恵だけだった。

「やっぱり室伏でしょう。ここに来てバットがえらい振れてます」丸子が言う。どこ見てんねん、と突っ込みを入れかけたところ、データ派の加賀谷、嶋尾の二人が「室伏の今季のうちの打率は三割七分五厘、ツーストライク後の打率も三割以上あります」「前半戦は内角が好きなバッターでしたけど、最近は右方向の打球が増えて、外角もパワーでスタンドまで持っていきます」と室伏脅威論が続いた。

「上野山、おまえはどう思う」

宇恵は選手から見た見解が知りたいとキャプテンに振った。

「僕も室伏の方が怖さを感じます。今年はホームラン以外の二部門で永渕に劣っていますが、それは膝を気にしていたからです。嶋尾コーチが言うように前半戦は引っ張りオンリーでしたが、膝が完治した今は、外に逃げるボールは右に押っ付けるようになりました。外角の球だと僕はどっち寄りに守っていいのか考えてしまいます」

捕手のサインごとに二塁ベース寄りか三塁ベース寄りかに守備位置を微妙に動かしてい

る上野山ならではの意見だった。確かに前の対戦では、杉本が投じた外角いっぱいのストレートを右中間スタンドに放り込まれた。

「それに永渕の今年の数字はすごいですけど、まだ出てきて二年目ですからね。ここ一番での集中力では室伏に及ばないと思います」

「住吉はどうや？　みんなと同意見か」

「僕も同じです。永渕選手は縦の変化で揺さぶればなんとかなりそうですけど、調子がいい時の室伏さんは真っ直ぐにタイミングを合わせていても低めのフォークについてきます」

「さよか、そこまで言うなら三番の永渕で勝負やな」

宇恵は自分の考えを改めた。聞いておいて良かった。そうでなければ一塁が空いている場面で永渕を歩かせ、室伏勝負と伝え、コーチ、選手が同時に宇恵の采配に疑問を持つところだった。

永渕と室伏の扱いを決めたことで課題が一つ消化でき、気持ちは楽になった。次はエース茂庭をどう攻略するかだ。

「茂庭の右打者へのスライダーはエグいんで要注意です」「今年はカーブはあまり投げてないので遅い球は捨てていいです」「早いカウントは全体に甘く来てます」それぞれが考えていることを言った。次第に宇恵は、アイビスの打線が茂庭を打ち崩している姿がイメージできるようになった。

4

気がついた時には正午を回っていた。三時間以上も議論したことになるが、いつものことなのですっかり慣れた。

「以上で反省会は終了や」

「監督、練習開始まで二時間ありますけど、この後どうされますか」

ミーティングの内容をこまめにメモしていた筒美まどかから聞かれた。

「監督室でのんびりするわ」

「では私は監督室でお茶を用意して、それから取材対応に入ります」

筒美まどかは以前にも増してきぱきと働いている。キャンプでは地元新聞を含めて七紙しか担当記者はいなかったのが、今は連日テレビや雑誌の記者が東京から駆けつける。テレビ局は芸能人を連れてくるため、現場は混乱気味だ。それでも彼女がうまく捌いてくれるため、宇恵たちは野球に集中できている。

宇恵がミーティングルームを出ようとしたところ「監督、いよいよですね」と、一人部屋に残っていた丸子から話しかけられた。

「ほんまやな」

「正直言うと、僕は宇恵監督が決まった時、どうせあかんやろなと思ってたんです。そりゃ、選手の頃から知ってる人が監督になったんやから一生懸命仕えるつもりでしたけど、なにせ実績のない選手ばかりでしたからね」

「ああ、わしもこんなすっとこどっこいなチーム、絶対無理やと思ってたわ」

不満分子の市木を放出したのはいいが、すぐに解任されるのを覚悟した。「せやけど一年やって分かったのは選手というのは成長するってことや」

「今やったら、侍ジャパンに入っても不思議でない選手も出てきましたし」

「それでもまだまだやけどな。わしかて下手くそな采配でずいぶんチームに迷惑をかけとるし」

「僕もそうです。監督に聞かれて答えた後になって、やっぱり違うことを言うとけば良かったと後悔する不出来《ふでき》なコーチです」

一緒に苦笑した。ここまでチームを率いることができたのも、気の置けない後輩である丸子が支えてくれたからだ。

だが笑っていた丸子が急に神妙な顔つきになった。部屋に残ったということは、なにか相談でもあるのだろう。宇恵は、筒美まどかに「お茶はいいから、仕事に行ってくれ」と伝えた。理解力のある彼女は「はい」と返事をして出ていき、ドアをしっかり閉めた。

「マル、ここまで来られたのはおまえがいてくれたからや。毎日の早出でうちの若い打者はぐんと成長した。だけどおまえには『ありがとう』と言うのと同時に『すまんかった』という思いもある。おまえがチーフコーチで、コーチのまとめ役だったのに、わしはオーナー指令に屈して、嶋尾コーチのヘッド昇格を呑んでしまった。そのことは今も痛恨の極みや」

思い悩んでいた胸の内を伝えた。

嶋尾はヘッドコーチになったことで、投手だけでなく野手にも厳しさを教えてくれるようになった。だが今年は丸子をコーチの頭で行くと決めたのだ。その決め事を自分は守れなかった。

「嶋尾さんをヘッドにしたのは正解ですよ。僕は八人いる一軍コーチの中で三番目に若いんですから。一番年上の嶋尾さんがヘッドの方が、コーチ陣も統率が取れます」

「おまえにそう言ってもらえると、少しは気が休まるけど」

「それに、監督がこんなに柔軟な考えの持ち主だったとは思てませんでした。月曜日の反省会にも毎回出られていますし、加賀谷代表や嶋尾コーチや僕の話も、よく聞いてくれます。きょうは住吉が言ったことにしても、僕や嶋尾さんは聞く耳を持たなかったのに、監督はちゃんと聞いてあげてましたし」

その結果、それぞれに意見を求めて、永渕より室伏を警戒していこうという約束事が決まった。

「本当は誰がなんと言おうと監督はわしなんやからこうせいと、決断すればええんやけどな」

自信がないから相談してしまうのだ。それでも丸子からは「昔はそういうのが通用したかもしれませんけど、今は下の意見を汲み上げる能力も、トップには求められてます」と言われた。

「それはコーチと選手とで同じ目的に向かって戦ってきたからや。勝てるチームに変わっていく中で、わしにも監督らしさが少しずつ身についてきたのかもしれん」

それでも明日負ければ、評価も失うだろう。まだコーチや選手は認めてくれるかもしれないが、小此木はそうはいかない。

一度はクライマックスシリーズ出場を逃しても宇恵を続投させると明言した。その後発言を撤回した。理由を問うた記者の質問には答えていないが、何度も逆らった宇恵を面白く思っていないのは間違いない。

負けたその日のうちに小此木は記者に解任を告げるかもしれない。それなら発表される前に自分から辞表を持っていくべきか？　開幕前の激励会で、招待したお偉方の前で二者択一を迫り、クライマックスシリーズ進出を選ばせたのは宇恵自身だ。当然、宇恵にはチームをＣＳに進出させる義務があり、それが続投条件のようなものだ。

それでも今、ここで丸子と負けた時の話をしてもしようがない。まずは明日、勝つために必死に戦おうや――現役時代から同じ釜の飯を食った後輩にそう言おうとしたところ、丸子が眉間に深い皺を寄せた。

「どないしたんや、そない難しい顔して」

丸子はしばらく考え込んだ末に、ゆっくりと口を開いた。

「監督、もし明日のゲームで負けたとしても監督は責任を取らないでください。このチームには宇恵監督が必要です」

宇恵の胸中を察していた。

現役引退の決断にしても、宇恵はゲーム中に思いついて、その日のうちにファンに発表した。丸子は試合に負けると同時に、メディアの前で辞任を表明するのを心配しているのだろう。

「大丈夫や、ちゃんとオーナーに伝えてからにする。そうせんとオーナーの顔も立たんやろしな」

そう言えば安心すると思ったが、丸子の言いたいことは違った。

「絶対に辞表は出さんでください。その代わり、僕がやめます。嶋尾さんがヘッドになっても、監督は僕をチーフコーチのままにしてくれました。チーフコーチが責任を取れば、チームとしては格好つきます。僕にすべての責任を取らせてください」

胸に突き刺さるほど、丸子の言葉には強い決意がこめられていた。

5

スタジアムの方々からボールを追い掛ける選手の声がよく響いていた。

投内連係の練習では嶋尾コーチが声を張り上げ、サインプレーを選手に徹底させていた。

その後の打撃練習では丸子が身振り手振りで指導している。夏場は不振だった打者も丸子の熱心な指導で見違えるほどバットが振れてきた。

選手に気負いが見られないのもいい。負けられないという気持ちは全員が持っているが、ポストシーズンへの最後の一席を争う相手が去年、一昨年の覇者、福岡シーホークスという引け目は、うちの選手からは感じない。

〈そろそろ家族と一緒に暮らしたいなんて、丸子さんは、あなたに辞表を出させないためにそう言ったに決まってるわよ〉

練習前に電話を入れた瑛子からは即座にそう言われた。

宇恵だってそう思っている。丸子の自宅は神戸にあって、長男が中学三年生で、長女が小学六年生だそうだ。丸子はアイビスに来る前も、横浜、広島で打撃コーチをやっていたため、もう八年も単身赴任での生活を続けている。

——僕は格好つけて責任を取ろうとしてるわけではないんです。もうそろそろコーチをやめて、家族と一緒に暮らしたいと思っているんです。

丸子はそう理由を言った。宇恵にだってそれが丸子の本音でないことくらい分かっていた。

〈それに丸子さんがやめて、あなたが残ったとしても、いいことなんて何もないと思う。来年一年間、ずっと負い目を感じて試合をしなきゃいけないし、来年優勝できたとしても、そこに丸子さんがいなかったことを申し訳なく思うわよ〉

「ああ、わしもそう思う」

瑛子の言う通りだ。その時はどうして嶋尾をヘッドにした時に、丸子から「チーフコーチ」の肩書きを取らなかったのか、そのことを悔やむだろう。

「やっぱりわしがやめるのがええんかな」

部下に責任を取らせるなら自分が取る方がいい、瑛子もその考えだと思った。

〈あなたがやめることはないわよ。三年連続最下位だったチームを三位争いさせたのに〉

「ほな、どうすりゃええんや」

〈やめろと言われるまでは知らんぷりしとくのよ〉

知らんぷりしたところで小此木は黙っていないだろう。その指摘にも瑛子は〈それでクビだと言われたら仕方ないじゃない。向こうがオーナーなんだから〉と言った。〈部下に責任を取らせる上司も最低だけど、格好つけてやめてしまう上司も無責任だと思うって、お父さんがよく言ってたわ〉

電機メーカーで取締役になった義父の言葉とあって、説得力がある。

確かにその通りかもしれない。自分がやめればコーチが安泰《あんたい》だと思うことじたい、思い上がりも甚《はなは》だしい。

宇恵は監督を打診された時に「投手コーチだけは一流の人をお願いしたい」と要請し、あとは球団に人選を任せた。だが自分の子分を丸ごと連れてくる監督もいる。そうなれば丸子どころか、他のコーチの残留も危うい。

練習中にシーホークスが勝利して勝率で並んだことを知らされた。練習が終わると、新聞記者が寄ってきて感想を聞かれたが「想定通りや」と答えた。

「明日は全席完売したみたいですね」地元紙の記者が聞いてきた。

「新潟のファンが楽しみにしてくれているのが一番や」

「相手の先発は今季の対戦成績が一勝三敗の茂庭ですけど」

スポーツ紙の記者が嫌なことを聞いてきたが「うちの選手に苦手意識はないで」と一蹴した。

これ以上、記者から厳しい質問はないと油断していたところ、反対方向から声がした。

「小此木オーナーは、勝負の世界なのだから結果で判断すると、続投発言を撤回されました。明日敗れた際、去就はどうされますか」

顔も見たことのないテレビのレポーターだった。その質問をするために東京から送り込まれたのだろう。

他の記者も急に真剣な眼差しに変わった。誰もがこの質問に対する宇恵の答えを待っていたようだ。

黙っていると、レポーターは「現役時代のようにその場でやめると宣言されることもありますか」と質問を重ねてくる。

筒美まどかが「まだゲームが残っていますので、その質問は明日に」と言ったが、レポーターはさらに近づきマイクを持った手を伸ばしてくる。筒美まどかがマイクと宇恵の間に入ろうとしたが、宇恵が手を出して、筒美を制した。

「今は明日のゲームに集中します。それだけです、以上」

記者の群れから離れた。

監督室に行く前に、トイレから出てきた丸子と会った。

「マル、昼間のこと、わしに預からせてくれ」

筒美まどかに聞かれないように耳打ちする。

「それだと監督が先に行動されるでしょ?」

丸子も宇恵の行動を読んでいる。

「抜け駆けはせんから大丈夫や」

「ほんまですか」首を捻った。納得している様子はない。

「そういうことも含めて、明日終わってから考えようや、いや、勝てばえええんや。ええな」

「はい、分かりました」

顔は半信半疑だったが、一応、丸子は返事をした。

前日から睡眠不足だというのに、その夜もなかなか寝付けなかった。どうすればシーホークスに勝てるかも考えたが、負けた時に自分はどうすべきかも思い悩んだ。戦う前から負けた時のことを考えてどうするんや、心の中にいるもう一人が自分を戒《いまし》める。だが宇恵は昔から、心配ごとほど杞憂《きゆう》に終わることが多かった。だから考えておくのも悪いことではなかろう、といろいろな責任の取り方を想像した。

だがいくら悩んだところで、頭の整理はつかなかった。やはりコーチを全員残すには、勝つしか答えはないのだ。

野球はだいたい勝率が五割になるようにできているスポーツだから、勝つか負けるかはやってみなくては分からない。弱いチームが強いチーム相手に一勝二敗で済む事も毎週のように起きている。実力ではるかに自分たちの上を行くシーホークスに明日勝てるかもしれない。残念ながら明日は負けて、その分来年勝つかもしれない。正直、自信があるかどうか聞かれたらないと答えてしまうだろう。それでも逆転されるピンチに陥ろうが、敗戦が濃厚になろうが、監督が不安な素振りを見せてはいけない。武士は食わねど高楊枝《たかようじ》だ。そう決めたらようやく瞼が重くなってきた。

6

決戦の朝は秋晴れだった。

八時に車でマンションを出て、球場に到着した。筒美まどかはすでに来ていて、お茶と新聞を用意してくれた。

九時四十五分から全体練習を開始した。昨日と比べてみんなどこか硬い。だがこんな大事な試合、緊張するなという方が無理だ。アイビスの練習が終わると今度はシーホークスの練習が始まった。その間、アイビスの選手は軽食を取ったりマッサージしたりもする。捕手の住吉はスコアラーから出た資料に目を通していた。

試合開始一時間前になると、筒美まどかが呼びに来た。

「監督、そろそろペップトークの時間です」

選手に話をして雰囲気を盛り上げるのだ。すでに気持ちが昂《たか》ぶっていたが、それは自分に優勝経験があるせいで、とくに若い選手は開始時間が近づくにつれていっそう緊張してきていることだろう。

心配してロッカールームのドアノブに手をかける。

「なんや、弱気の虫がひゅーひゅー鳴いとるかと思ったけど、わりかし元気やないか」

扉を開けながら言うと、何人かが笑った。上野山が集合をかける。みんなが宇恵を見ていた。

「三年前、新潟に新しいチームができると聞いた時、わしはまだ大阪ジャガーズの選手やったけど、そんな寒いところで野球やっても客なんか集まるんかいなと他人事にも心配したわ。それが今年は毎試合、たくさんのお客さんが来てくれた。後半戦に入ってからはずっと満員や。新潟が野球の国になったんや、信じられんわな」

お調子者の新宮が「そうだ。アイビスのファンは日本一だ」と言うと、他の選手が一斉に乗った。だが宇恵は「みんな勘違いしとるぞ」と遮った。選手は固まっていた。

「ここまで新潟のファンを熱くしたのは自分らやで。自分らが毎試合、死に物狂いで戦ってきたから、それを見たファンも一生懸命応援したいという気持ちになってくれたんよ」

選手は頷いて聞いていた。

「きょうはそのことを誇りに思って戦ってほしい。わしが言いたいんはそれだけや」

全員が同時に「はい」と返事をした。

グラウンドに向かう前に行う恒例の円陣が組まれた。

上野山を中心に集まり、みんなで声を出してグラウンドに向かう。だが上野山はなかなか始めなかった。

「きょうは監督がやってくれませんか」

「わしがか」

「はい、アイビスは宇恵監督のチームです。それに監督がジャガーズで檄《げき》を飛ばしてたのを、僕は何度か見たことがあります。すごく盛り上がっていました」

ジャガーズでもやったが、十八年間の現役生活でそんなに多くはない。あまりにチームの気が緩んでいて、ベテランの自分が出ていかなくてはならない空気を感じた時だった。

他の選手も上野山と同じ熱い視線を送ってくる。

「分かった、やらせてくれ」

宇恵は真ん中に入り、手を上げた。

上野山が指先を合わせてきた。東野、榎本、北野、東の手がくっつき、その上から他の選手の手も合わさってくる。

「さぁ、ラスト一ゲームや。二月のキャンプからここまでみんなが一つになって戦ってきた。この一年でわしらは家族になった。家族全員でクライマックスシリーズに行こうやないか」

　さらに奥の方からポコとカーシーの手も伸びてきた。全員の思いは、腕を伝って心の奥までズシリと届いた。

　普段はクールな上野山の「行くぜ」に「ヨシ」と静かな闘志で応えるのだが、宇恵は自分のやり方にした。

「掛け声はわし流に『行くで』や。元気よう頼むな」

　腹に力をこめた。

「行くでぇ～」

「よっしゃあ！」

　全員の声が揃った。それは球場の外まで届きそうなほどの大音量だった。

7

　試合開始前から球場は異様な盛り上がりだった。アイビスファンがほぼすべての席を埋め尽くし、ファンみんなでグラウンドを抱きかかえてくれている。

　選手は威勢良く一回の守備位置に散ったが、先発した束も緊張していた。先頭打者を四球で出し、一死二塁から三番永渕は三振に取ったが、四番の室伏に三遊間を抜かれた。

「長打でなくて助かりましたね」

二塁走者に生還されたところで丸子が言ってきた。宇恵は「そやな」と返す。終盤で同じ場面が来たらコーチや選手が進言してきたように、室伏は歩かせるべきだろう。

先取点は奪われたが、誰にも落ち込んでいる様子はなかった。シーホークスのエース茂庭相手にその裏、反撃に転じる。

一番の新宮が中前打で出塁、上野山がバントで二塁に送る。西川は倒れるが、四番のポコが角度のいい打球をあげたのだ。

「よし、いったぞ」

「ツーランだ」

打球が上昇していくのを見て選手はベンチを飛び出した。バックスクリーンを直撃する特大の一撃だった。方々で選手が抱き合う。

「ポコ、ようやったわ」

本当は抱きしめたかったが握手にした。勝負は始まったばかりだ。指揮官が浮かれてはいけない。

出鼻をくじかれたというのに、相手の茂庭はすぐに立ち直った。左腕からストレート、スライダー、さらにシュート、チェンジアップという多彩な変化球を内外角に投げ分けて、アイビスの打者を抑える。

丸子は追い込まれてしまっては勝負にならないと、ファーストストライクを狙わせていたが、その狙いを察知した茂庭は、早いカウントから右打者には内角へのスライダー、左打者にはシュートで詰まらせるピッチングに変えた。結果的に早打ちになったことで、茂庭は球数が増えることなく、ゲームは中盤へと進んだ。

「あれだけ内角を攻められるとうちの打者は苦労します」丸子も手の施しようがないといった顔をする。

「ほんま、茂庭の球はえぐいな」

全盛期の宇恵でも結構打ちあぐねそうなボールが来ていた。

五回まで一失点に抑えていたアイビス先発の東だが、六回につかまった。三本のヒットで同点にされ、なお一死二、三塁のピンチで、三番の永渕を迎えた。

次が要警戒の室伏なので当然勝負だ。それでも住吉は急がず、外角中心の配球で、スリーボール・ワンストライクとなった。

続く五球目、思い切って内角にストレートを要求した。永渕はストライクを見逃し、フルカウントになる。

ストレートを内角に投げたことで、外の変化球一辺倒の配球を変えた。しかし最高のボールを投げてしまったため、バッテリーは次に投げるボールに迷いが出る。

住吉は外角に構えた。要求はスライダーだろう。もう一球内角の真っ直ぐは、怖くて投げさせられない。

たぶん永渕もそのスライダーを待っている。同じ左のスラッガーとして宇恵には永渕の狙いが伝わってきた。

タイムをかけてマウンドに行こうかと思ったが、若いバッテリーを信じることにした。東の投げた球は外角低めいっぱい、見送ればボールになるスライダーだった。そのボールに永渕は手を出した。

「よしゃ、儲《もう》けた」

宇恵は叫んだものの、永渕が泳ぎながら拾った打球は左翼後方へと伸び、フェンス手前で左翼手の硯が捕球した。三塁からタッチアップして、二対三と逆転される。

「永渕は侮《あなど》れないですね。あの低めのスライダーを外野まで運ぶんですから」

丸子が胸に手を当てて息を吐いた。

「いいや、あの攻め方で抑えられるってことや、そうですよね、嶋尾コーチ」

胸の中ではスタンドまで持っていかれたと覚悟したのだが、ベンチの真ん中で腕を組んで立っていた嶋尾に言った。

「そうです。抑えられます」

嶋尾も命が縮んだはずだが、堂々としている。丸子も同じだ。「おい、シーホークス、一点リードくらいで喜ぶな。まだ六回やぞ」とヤジっていた。

二死二塁だったため、次の室伏は敬遠で歩かせた。勝負させる時はさせて、歩かせる時は初めからはっきりと敬遠する、これも監督になって学んだ。

敬遠している間に嶋尾がブルペンにつながる電話を取って、状況を聞いていた。

「監督、上川が用意できてます」

「分かった」

二死一、二塁となったところで、嶋尾と一緒にベンチを出た。

「ピッチャー、上川」

球審に交代を告げる。ブルペンから今シーズン途中に中部ドルフィンズからきた一六八センチの小柄なピッチャーが出てきた。

打順は五番の韓国人スラッガーだった。室伏、永渕に次いで、彼も二十五本の本塁打を放っている。体格では敵《かな》わないが、上川は一四〇キロ台後半のストレートを三球続けて空振り三振に取り、シーホークスに行きかけた流れを寸前で断ち切った。

二回以降、茂庭の前に内野安打一本に抑えられていた打線だが、六回裏に反撃に出た。一死から二番の上野山が難しい内角スライダーをつまりながらも左翼線ぎりぎりにぽとりと落として、一気に二塁に滑り込んだ。

西川は外のチェンジアップに手を出しセカンドゴロだったが、上野山は三塁に進んだ。そこで相手の投手コーチが出てきて、マウンドで茂庭と相談している。茂庭がなにか言っていた。投手コーチは振り返ってベンチにいる監督に指示を仰ぐ。バタついているように見えた。

「向こうはポコと勝負するかどうか決めていなかったんでしょうね」

宇恵の前のベンチに座っている捕手の住吉が振り返って言った。うちの方がきちんと戦う準備をしていると優越感を感じている。丸子が「今頃、相談してんな、さっさと決めろや」とヤジを飛ばした。

ポコは敬遠だった。茂庭は不貞腐《ふてくさ》れた顔をしていたから抑える自信はあったのだろう。相手のベンチとエースとの信頼関係が少し崩れたのを感じた。

五番はスイッチヒッターの北野だ。

右打席に入った北野に、茂庭は得意のスライダーを投げてきた。いつもより甘くなったように宇恵には見えた。

「おもくそいったれ、北野！」

大声で叫ぶと、北野は強引に引っ張った。

強い打球が、横跳びで捕りにいった三塁手のグラブの先を抜けた。

「フェア」

三塁塁審は右手を地面と平行に広げる。

上野山が右手を上げて同点のホームを踏む。

そこで左翼手がクッションボールの処理を誤ったのが見えた。

「ポコ、止まるな、走れ」

最初にベンチから飛び出して手を回したのが宇恵だ。

左翼手は逸らしたボールを追いかけている。三塁まで到達したポコに、三塁コーチは迷うことなく手を回した。

「行け、回れ、回れ！」

ベンチから相次いで声が出る。左翼手からショートが中継に入って、バックホームされる。最後は足がもつれそうになっていたポコだが、頭から滑り込んだ。タイミングはアウトだったが、アウトだと宣告されれば、コリジョンルールだと宇恵は抗議に出るつもりでいた。

「セーフ」

球審が手を広げた。捕手がミットからボールをこぼしていた。

「よう走ったで、ポコ」

ユニフォームを汚し、息を切らして戻ってきた助っ人を宇恵が一番に出迎えた。

「ポコ、人生で一番走ったんじゃないのか」先にホームを踏んだ上野山がからかっていた。「ウサイン・ボルトかと思ったわ」新宮が両手を斜め上に向けたポーズを決め、ベンチはいっそう盛り上がった。

七回からは杉本が登板した。シーズン途中、肘痛で二十日間離れたが、ここまで七十試合に登板して、二十七ホールドはパ・リーグ二位の榎本に次ぐ三位だ。スポーツ新聞によると新人王を争う二人のうちの一人らしい。もう一人はアイビスの先発ローテに入って九勝をあげているドライチの石井だ。宇恵はできれば二人が受賞してくれたらいいと願っている。

杉本は緊張しているのか調子は良くなかった。二つの四球とヒットで満塁とされる。

「弱気の虫に支配されてますね」

嶋尾投手コーチが嘆いた。嶋尾がもっとも嫌う変化球でかわすピッチングスタイルになっていると、宇恵も感じていた。

「嶋尾ヘッド、マウンドで活を入れてきてください」

宇恵が言うと、嶋尾はグラウンドコートを脱いで小走りでマウンドに向かった。

声は聞こえないが厳しく叱責しているのが伝わってくる。前半戦なら投手が萎縮しないか案じたが、今はそんな心配はしていない。杉本と住吉の若いバッテリーは大きく頷いていた。二人とも気合が入った。宇恵も長袖のアンダーシャツを腕まくりした。

一死満塁のピンチを迎えた杉本だが、そこから三者連続三振で踏ん張った。

八回を任せた左腕の榎本も、外野の前に落ちる不運な安打から二死満塁とピンチを作る。次の打者に真っ芯で弾き返され、外野を抜かれたと目をつぶったが、中堅手の新宮がダイビングキャッチで捕球して、ピンチをしのいだ。

八回裏、シーホークスのマウンドが二番手の中宮に代わった。

四球で出た新宮を上野山がバントで送り、三番西川の適時打でリードを広げた。これで五対三、毎回のように肝を冷やすピンチは続くが、アイビスはすべき野球をしっかりとやっている。

九回には守護神の東野が上がった。緊張して、投球練習からストライクが入らない。

アイビスの日本人投手ではリーダー格の東野だが、プロ四年目で、去年先発で八勝十敗だったのが最高の成績だ。それが今年は三勝二敗で、セーブは四十一もマークしている。

シーホークスの打順は九番からだった。東野はその最初の打者に対し、一球もストライクが入らず歩かせてしまった。

嫌な雰囲気がダッグアウトに漂いだし、それが球場全体へと広がっていく。

それでもみんな必死に声援を送っている。宇恵も手をメガホンがわりにして「東野、おまえの力なら抑えられる。シーホークスなんてしょっぱい打線、たいしたことないわ」と声を嗄らした。

初球はボールだったが、二球目にストライクが入って人心地ついた。自分と一緒に何人かが安堵のため息をつく。球場の方々からも息が束になって聞こえてきた。

一つストライクが入ったことで東野も落ち着いた。

次のストレートは伸びがあった。打者は狙いにいったが、平凡な中飛だった。

二番打者は初球のスライダーを引っ掛けてショートゴロだった。緩いあたりだったため捕球した上野山は二塁を諦め、一塁へ送球した。二死二塁となった。

クライマックスシリーズ出場に向け、残すところアウト一つだ。「あと一人」コールが沸き起こる。

このファンの声援に何度助けてもらったことか。アイビスが七回までリードして逆転負けしたのは、札幌ベアーズ、広島レッズに続いて十二球団で三番目に少ないらしい。

トリプルスリーの永渕が左打席に向かおうとしていた。素振りからして迫力がある。だが悩むことはなかった。永渕で勝負、室伏は状況によっては歩かせることで方針は徹底している。

住吉が間をとってマウンドに向かったが、嶋尾は出ていかなかった。バッテリーだけで解決できると信じているのだ。

初球は外角へのカーブから入った。こんな痺れる場面で緩い球を要求する住吉はたいした強心臓だ。そしてその球を狙ったところに決めた東野の制球力にも恐れ入った。

あと一人コールで沸く中、東野が二球目を投げた。真ん中にボールが入っていく。永渕が引きつけてからフルスイングした。

スイングだけで場内がどよめくほどだった。宇恵も目をつぶりかけた。だがボールは捕手住吉のミットに収まる。見事なフォークボールだった。

ストライクツーと追い込んだ。ファンは「あと一球」にコールを変えて盛り上げるが、宇恵は焦らんでええぞ、とバッテリーに心のメッセージを伝えた。無駄に一球外すことはない。だが勝負を急ぐこともない。

住吉は内角に構えた。そこにストレートが吸い込まれていく。

永渕は見送った。手が出なかったというのが本心だろう。球審もコールまで間が生じたが、右手は上がらなかった。

「ボール」

静かにコールした。

「ツーナッシングボールやな」

宇恵が呟くと、隣の丸子も「そうですね」と答えた。野球ではよくあることだ。審判も外すだろうと思い込んでいて、そこで裏をかかれた。次に同じところに投げれば、今度はストライクとコールする。

東野はボールと言われても気にしていなかった。首を前に伸ばしてサイン交換をし、グラブを胸でセットする。住吉は何を要求したか。一球内角に投げたが、六回の場面とは異なる。六回は、永渕は次は外角しかないと狙いを定めやすかった。今はもう一球内角に来るかもしれないと、警戒している——。

喉が渇いて、舌が張り付いている。

「監督、水どうぞ」

筒美まどかが絶妙のタイミングでペットボトルを渡してくれた。一飲みし、「いったれ、東野」と声を張った。

東野が左足を踏み出し、腕を振った。住吉が外角に動いた。フォークだ。構えた通り、ボールは外角に落ちていく。少し高かった。永渕は振りにいく。球の落ち際をバットの芯で拾った。大きなフォロースルー。左翼方向だ。

「おい」

快音がした瞬間、宇恵は打たれたボールを取ろうと空に向かって手を伸ばし、その勢いでたたらを踏んでグラウンドまで出そうになった。

悔しいことにボールは高くぐんぐん伸びていく。文句なしでいかれたと思ったが、すぐには落ちてこなかった。高く上がった分だけ飛距離は出ていないのかもしれない。

左翼の硯が捕球体勢に入ったまま後退した。フェンスに背がつくまで下がる。まだボールを見ている。

ジャンプしてグラブを伸ばした。

息を呑んで見る。だが硯のグラブにボールは入っていなかった。

審判が手を回す。左翼スタンドの一角にいたシーホークスファンだけが歓喜し、ほとんどの席を占めているアイビスファンが一斉にため息を吐《つ》いた。

土壇場で五対五と追いつかれた。体中から力が抜けそうになる。

同じように脱力していた嶋尾が、横目で窺ってきた。宇恵は気を取り直して、「わしが行きます」とバッテリーと内野手が集まるマウンドに向かった。

「すみません」

東野と住吉が同時に謝った。東野は顔が真っ青だ。

「なんて顔してんねん。まだ同点やぞ」

「はい」東野は小声で返事をした。

「裏に味方が点取るから、ここはきっちり抑えてくれ」裏に得点できなくても延長戦は十二回まであるのだ。まだ勝つチャンスは十分にある。

「分かりました」東野に少し元気が出た。

「住吉、室伏は要警戒やったけど、ここは歩かすわけにはいかん。頼んだで」

「もちろんです」

住吉もいつもの顔に戻った。

ベンチに戻るとシーホークスの選手が「いつまで話してんだ。早くしろ」とヤジを飛ばした。宇恵がもういっぺん吐《ぬ》かしてみぃと睨みつけるとその選手は黙った。

一球目、住吉は強気に内角に構えた。室伏の好きなコースだ。だが東野はそこにシュートを投げて詰まらせ、三ゴロに取った。

「よっしゃ、よう抑えた」

ベンチにも活気が戻った。

九回裏、シーホークスはセーブ王のゴトフスキーを送ってきた。アイビス打線は走者を一人出すが、帰せない。延長戦に入った。

「監督、カーシーが準備できてますんで」

嶋尾に言われて、十回からはエース左腕のカーシーを投げさせた。

十回、十一回と完璧に抑えるが、打線にヒットが出なくなった。十二回はカーシー同様、ローテーション投手でありながらベンチに入れていた久保を出して、彼が三人で抑えた。

十二回の裏、アイビスは二死一塁で、打順は一番の新宮に回った。

「新宮、しっかり繋いでってくれ」

宇恵の指示通り、一番の新宮はバットを短く持って振り抜いた。鋭い打球が一、二塁間に飛んだ。だがセカンドが飛びついて捕り、すぐさま起き上がって一塁に送球する。新宮はヘッドスライディングしたが及ばなかった。

アウトと宣告されると同時に、深いため息が何重もの渦となってスタジアムを覆った。選手もコーチも全員が萎んでしまった。

シーホークス相手に一歩も引かないゲームをした。負けなかった。だが勝つことは出来なかった。新潟OCアイビスは最終戦を引き分け、同率三位となったが、目標にしていたクライマックスシリーズ出場は逃した。

8

その後のことはよく覚えていない。

ゲームセット後、戻ってきた選手を一塁線の中まで迎えにいった。ロッカールームにも顔を出し、「みんなようやってくれた。みんなが信じていた結果ではなかったが、胸が張れるゲームだったぞ」と褒め称えた。

監督としても堂々と采配したつもりだった。やるべきことはやったし、出せる選手も全員使った。だが選手の悔しそうな顔を見ていると、頭の中が冷静ではなくなり、なにを言っているのか自分でもよく分からなくなった。泣いている選手がいた。リリーフに失敗した東野は思いつめた顔をしていた。自分の悔しさより、選手の悲しそうな顔を見ることに、胸がじんじんと痛んだ。

マンションに戻ったのは夜九時だった。携帯に瑛子からの着信が入っていた。キャンプから日課のように電話をしてきたのだ。きょうくらいええやろと思ったが、こんな日だけしないのは卑怯なような気がして、かけ直した。

現役の頃、悔しい思いをしたゲームの後と同じように、瑛子からは「惜しかったね」や「もう少しだったわね」などしょうもないことは一切言われなかった。

その代わりに昨日のフラメンコ教室で先生に聞いたという話をしだした。

〈スペインに「サン・フェルミン祭り」って闘牛を町に放して人が逃げ回るお祭りがあるのよ。スペインの三大祭りの一つで、パンプローナという町の庁舎で七月六日の正午にスタートするんだけど〉

「なんやねん、それって今する話やないやろ」慰めの言葉は要らなかったが、さすがに今、外国の祭りなどに行く気にはならない。

〈そのお祭りを作家アーネスト・ヘミングウェイが小説で『日曜正午、お祭りは爆発した』って書いたの。ねえ、その瞬間、見たくない？　お祭りが爆発したのよ〉

さすがに聞いていられなくなり、「分かった、分かった。暇になったらスペイン行くからきょうは勘弁してくれ」と言った。

今度は伝わったようで、〈ごめん〉と聞こえた。

「まぁ、ええよ」瑛子も悪気があって言ったわけではない。それでも気になって「その小説ってなんや」と聞いた。

〈日はまた昇る、よ〉

少し間を置いてから瑛子は〈ヘミングウェイはけっして前向きな意味で、この題名をつけたわけではないみたいだけど〉と言った。

「でもええ言葉や」宇恵は言葉の響きをしみじみと感じて答えた。

〈あら、そう〉

「瑛子には励まされてばっかりやな」

〈どういたしまして〉

「また帰ったらギター聴かせてもらうわ」

〈ゆっくり休んでね。お疲れさま〉

そう言われ、電話は切れた。

その後は風呂に入って床《とこ》に入った。すぐには眠れないと思っていたが、目をつぶっていると疲れに任せて次第に瞼が重くなり、眠りに落ちた。

朝の七時には目が覚めた。

前の晩から朝起きたら最初にすると決めていたことを終えてから、ワイシャツにジャケットを羽織り、八時を過ぎてからマンションを出た。きょうは徒歩で行くのはまずいだろう。温厚な新潟ファンも怒っている人がいるかもしれない。なにせ九回二死までCS出場確定とぬか喜びをさせてしまったのだから。

愛車のフーガでアイビスタウンに着いた。室内練習場や施設を目に焼き付けておこうと思って早めに出てきたのだが、駐車場に停め、シートベルトを外そうとすると、グレーのプリウスが来て、隣に停まった。丸子の車だ。

「どないしたんや、こんなに早よ来て」

「監督こそ、まさか」

丸子は宇恵の行動を読んでいた。だが宇恵も丸子がなぜ来たか分かった。珍しくジャケットを着ていて、左胸のあたりが不自然に膨らんでいる。

「わしに預けろって言うたやないか」

「監督も抜け駆けはしないと、僕と約束してくれましたやん」

「抜け駆けなんてせえへんわ」

嘘だった。ジャケットの内ポケットには起き掛けに書いた辞表が入っている。瑛子からは元気づけられたが、やはり持ってきてよかった。あやうく丸子に責任を取らせるところだった。

「でも監督の思った通りでしたね」

「なんのことや」

「永渕ですよ。監督は室伏より永渕を警戒やったんでしょ？」

「なんで分かったんや」確かにそう思ったが、口にはしていない。

「僕がやっぱり室伏と言った時、監督がえっという顔をしたのが見えましたから」

さすが付き合いが長いだけのことはある。

「まぁ、ちょいとばかし胸騒ぎがした程度やけどな」

「監督がそう考えてたのを、僕ら全員で覆させてしまったんやから、本当にすみませんでした」

「そんなん結果論や。実際、室伏にも二本ヒットを打たれたしな」

六回には犠飛になったが、永渕にはレフトに飛球を打たせアウト一つを稼いだ。歩かせていれば、次の室伏に満塁弾を打たれ、ゲームがそこで終了していた可能性だってある。とはいえ永渕だと口にすべきだったという思いもある。昔から「心配ごとほど杞憂に終わる」というジンクスを持っていた。永渕警戒で徹していれば、最後の一発はなかったかもしれない。

だが宇恵は自分の下で一生懸命やってくれているコーチや選手の意見を信じた。そのことに関しての後悔は微塵もない。

丸子に会ってしまったため、施設巡りは後にした。今日も早朝からミーティングルームでデータをチェックしているであろう球団代表の加賀谷に会い、辞意を伝えなくてはいけない。

丸子とはそれ以上話すことなく、微妙な空気のまま二人してミーティングルームのある建物へと向かった。

「マル、きょうは何曜日やっけ」

「昨日が日曜ですから月曜日ですよ」

そうか、それで自然と球場に向かったのだ。一年間、毎週通ったことで、月曜の朝になると体がここに来るよう覚えてしまっている。

扉を開けて、建物の中に入る。二階のミーティングルームから溢れるように細い階段に選手が並んでいて、驚いた。

「おい、どないしたんや」

階段の下の方にいた若手に聞いた。

「はい。ここに来いって、呼び出されたんで」

「そういや駐車場に結構車がとまってましたね」

丸子が宇恵を見た。辞表を出すことと丸子のことで頭がいっぱいで、とくに気にしなかった。

「もしや」

「オーナーやないですか」

頭を過ぎったことを丸子が言った。小此木オーナーが招集をかけ、今頃、新体制を発表している……。

「ちょっと通してくれ」

選手が立つ狭い階段を、宇恵と丸子が体を横向きにして登って二階まで到達する。

部屋は選手で溢れ返っていた。加賀谷と嶋尾と筒美広報、そして他のコーチもいた。探したがオーナーの姿はない。

「代表、これはどういうことですか」

加賀谷に対して聞いた。自分を除《の》け者にして選手を招集したことに文句を言ったつもりだった。だが、その怒りが加賀谷には伝わらない。

「いつものことですよ。『反省の月曜日』です」

「はぁ？」

宇恵が放心状態でいると、筒美まどかが「上野山キャプテンが招集をかけたんですよ、九時に来るようにって」と言った。

宇恵は肘を曲げて腕時計を見た。

「まだ八時半やないか」

今度は上野山を見る。

「みんな勝手に集まったんです。全員集合です。アイビスタイムです」

上野山は顔いっぱいに笑みを弾けさせた。

9

「みんな、今年一年、ようやってくれた。ここにいる全員が、過去最高の成績を残してくれたと思う。だから新潟のファンをこれほどまで熱くする戦いが出来たんやと思う」

全員が入れるように、室内練習場に移動して始まった「反省の月曜日」、宇恵はみんなの前で演説した。昨日も同じことを言ったかもしれないが、構わない。全員が、頭が熱くなっていたから、覚えていないだろう。

「だけどこのことは忘れんでほしい。選手が評価を失うのは、悪いシーズンを過ごした年より、素晴らしいシーズンを過ごした翌年の方がはるかに大きいんや。毎年、各自の『素晴らしい』を更新していく。そうやって本物のプロ野球選手だと人から認められるようになるんや」

「監督はどうなんですか」

加賀谷が割って入ってきた。

「えっ」

「監督も、今年の素晴らしいシーズンを来年更新してくれるんですよね」

加賀谷は彼に一番似合うジョン・レノン風の丸メガネをかけていた。レンズの奥の目がやけに明るい。

続いて隣の筒美まどかの大きな瞳が目に入った。彼女も笑顔だった。

そういえば昨日の試合後、「オーナーには私が頼みますから大丈夫です。だから監督はやめないでください」と頼まれた。昨日は頭が熱くて返事もできなかった。

「もちろん、わしも続けるよ。来年はもっと強いアイビスやと言われるよう、みんなと一緒に戦っていくつもりや」

心に決めていたことを撤回して言うと、選手からどよめきが起き、拍手へと変わった。

上野山が笑顔で手を叩いていた。北野や東野も一緒に叩いている。

拍手はいつまで経っても鳴り止まなかった。背中がむず痒くなったことにたまりかね、

「それではここで嶋尾コーチに謎かけを頼みたいと思います」と大声で言った。

無愛想ながらも、一緒に拍手していた嶋尾の手が止まった。

先読みしたベンチワークが得意の嶋尾も、まさかこの場で謎かけを披露させられるとは予期していなかったのだろう。

それなのに、できないと言わないのが嶋尾だ。

「それではやりましょう」

よせばいいのに姿勢を伸ばし、そして咳払いして喉を整えた。

「今のアイビス全員の心境でいきます」

自分から勝手にお題を告げた。首を傾げて思い悩んだ振りをしてから「ととのいました」と言う。

「今のアイビス全員の心境と掛けまして、最新モデルの電動歯ブラシと解きます」

「その心は」

全員が声を揃える。

「もう、はいしゃは要りません」

どうだと言わんばかりの顔をした。ジャケットの襟を両手で持ち、引っ張る準備までしているが、宇恵にはピンと来なかった。

「なんか、イマイチだな」

近くにいた榎本が呟いた。隣の東野も「全然おもろないですね」と言う。

宇恵は急に楽しくなった。

「嶋尾コーチでも即興で二回連続はうまくいかんようですね。もしやオールスター前に披露してくれたんは、まぐれやったんかなぁ〜」

語尾を上げて横目でニタつくと、嶋尾は歯嚙みしていた。

なんでも完璧にこなす嶋尾をずっと面白くないと思っていたので、いい気分だ。これで来年もこの気難しいコーチと付き合える。

「それじゃあ、監督もお願いしますよ」

むくれた嶋尾が、言ってきた。

少し躊躇したが、夏の雪辱を果たす時がきたと「受けて立ちましょう」と胸を張った。

「そんな挑発、受けんでも」

丸子から心配される。筒美まどかにも「今はやめておきましょうよ」と両手を出して止められた。

——また安請け合いして。

瑛子の呆《あき》れ顔まで浮かんできた。だが打者として勝負を避けられたことはあっても、自ら逃げたことはない。望むところだ。いや、不安はあるが、どうにかなるだろう。

「お題は、どうしましょうか」

嶋尾に聞かれた。自分で考えたところで自信はないので「なんでもご自由に」と返す。

「では、アイビスの監督と掛けて、でいいですか？」

「また、それですか？」

夏と同じお題だ。ざっくりしすぎて、面白いオチが浮かんでこないのだ。

朱鷺から発想を膨らませるが、これだと夏の失敗の繰り返しになるのでやめた。嶋尾が今年を振り返って失敗したから、来季に向けた方がいい。とてもじゃないが思いつかないと諦めかけたところで、突如として映像が浮かんできて、結びついた。

「とといました！」

宇恵は声を上げた。

「アイビスの監督と掛けまして、段違い平行棒をしている体操選手と解きます」

「その心は」

「次は高いところに移って、最後は宙に舞います」

体操選手が着地を決めた後のように、ゆっくりと両手を上げた。完璧に決まったと思ったが、周りを見渡して不安になった。選手が難しい顔をしていたからだ。おい、解らんのか。段違い平行棒って、最後は高い鉄棒からフィニッシュに入って、宙でくるくる回転するやろ……。

期待したのは笑いか感嘆だったが、聞こえてきたのは快哉《かいさい》の声だった。

「監督の言う通りだ。来年は三位ではなく優勝だ！」

「監督を胴上げしようぜ！」

「頼んだぞ、みんな！」

宇恵も一緒になって、腕を高く突き上げた。

本書は二〇一七年七月、小社より単行本として刊行されました。

|著者| 本城雅人　1965年神奈川県生まれ。明治学院大学卒業。産経新聞社入社後、産経新聞浦和総局を経て、サンケイスポーツで記者として活躍。退職後、2009年に『ノーバディノウズ』が第16回松本清張賞候補となり、同作で第1回サムライジャパン野球文学賞大賞を、『ミッドナイト・ジャーナル』で第38回吉川英治文学新人賞をそれぞれ受賞。他の著書に『球界消滅』『境界　横浜中華街・潜伏捜査』『トリダシ』『マルセイユ・ルーレット』『英雄の条件』『嗤うエース』『贅沢のススメ』『誉れ高き勇敢なブルーよ』『シューメーカーの足音』『紙の城』『傍流の記者』『友を待つ』『時代』『崩壊の森』『穴掘り』『流浪の大地』などがある。

監督《かんとく》の問題《もんだい》

本城雅人《ほんじょうまさと》

講談社文庫
定価はカバーに
表示してあります

2020年3月13日第1刷発行

発行者――渡瀬昌彦
発行所――株式会社　講談社
東京都文京区音羽2-12-21　〒112-8001
電話　出版（03）5395-3510
　　　販売（03）5395-5817
　　　業務（03）5395-3615

デザイン―菊地信義
本文データ制作―講談社デジタル製作
印刷―――豊国印刷株式会社
製本―――株式会社国宝社

Printed in Japan

ISBN978-4-06-518915-3

講談社文庫刊行の辞

二十一世紀の到来を目睫に望みながら、われわれはいま、人類史上かつて例を見ない巨大な転換期をむかえようとしている。

世界も、日本も、激動の予兆に対する期待とおののきを内に蔵して、未知の時代に歩み入ろうとしている。このときにあたり、創業の人野間清治の「ナショナル・エデュケイター」への志を現代に甦らせようと意図して、われわれはここに古今の文芸作品はいうまでもなく、ひろく人文・社会・自然の諸科学から東西の名著を網羅する、新しい綜合文庫の発刊を決意した。

激動の転換期はまた断絶の時代である。われわれは戦後二十五年間の出版文化のありかたへの深い反省をこめて、この断絶の時代にあえて人間的な持続を求めようとする。いたずらに浮薄な商業主義のあだ花を追い求めることなく、長期にわたって良書に生命をあたえようとつとめるところにしか、今後の出版文化の真の繁栄はあり得ないと信じるからである。

同時にわれわれはこの綜合文庫の刊行を通じて、人文・社会・自然の諸科学が、結局人間の学にほかならないことを立証しようと願っている。かつて知識とは、「汝自身を知る」ことにつきていた。現代社会の瑣末な情報の氾濫のなかから、力強い知識の源泉を掘り起し、技術文明のただなかに、生きた人間の姿を復活させること。それこそわれわれの切なる希求である。

われわれは権威に盲従せず、俗流に媚びることなく、渾然一体となって日本の「草の根」をかたちづくる若く新しい世代の人々に、心をこめてこの新しい綜合文庫をおくり届けたい。それは知識の泉であるとともに感受性のふるさとであり、もっとも有機的に組織され、社会に開かれた万人のための大学をめざしている。大方の支援と協力を衷心より切望してやまない。

一九七一年七月

野間省一

講談社文庫　目録

本格ミステリ作家クラブ編　子ども狼ゼミナール〈本格短編ベスト・セレクション〉
本格ミステリ作家クラブ編　ベスト本格ミステリTOP5〈短編傑作選001〉
本格ミステリ作家クラブ編　ベスト本格ミステリTOP5〈短編傑作選002〉
本格ミステリ作家クラブ編　ベスト本格ミステリTOP5〈短編傑作選003〉
本格ミステリ作家クラブ編　ベスト本格ミステリTOP5〈短編傑作選004〉
本格ミステリ作家クラブ選・編　本格王2019
星野智幸　毒身
星野智幸　われら猫の子
星野智幸　夜は終わらない(上)(下)
本田靖春　我、拗ね者として生涯を閉ず(上)(下)
本城英明　警察庁広域特捜官　梶山俊介〈広島・尾道「刑事《デカ》殺し」〉
堀田純司　スゴい雑誌〈「業界誌」の底知れない魅力〉
堀田純司　僕とツンデレとハイデガー〈ヴェルシオン　アドレサンス〉
本多孝好　チェーン・ポイズン
本多孝好　君の隣に
穂村弘　整形前夜
穂村弘　ぼくの短歌ノート
堀川アサコ　幻想郵便局
堀川アサコ　幻想映画館

堀川アサコ　幻想日記店
堀川アサコ　幻想探偵社
堀川アサコ　幻想温泉郷
堀川アサコ　幻想短編集
堀川アサコ　幻想寝台車
堀川アサコ　大奥の座敷童子
堀川アサコ　おちゃっぴい〈大江戸八百八〉
堀川アサコ　月下におくる(上)(下)〈沖田総司青春録〉
堀川アサコ　芳《ほう》一《いち》
堀川アサコ　月夜彦
堀川アサコ　魔法使ひ
本城雅人　境界〈横浜中華街・潜伏捜査〉
本城雅人　スカウト・デイズ
本城雅人　スカウト・バトル
本城雅人　嗤うエース
本城雅人　贅沢のススメ
本城雅人　誉れ高き勇敢なブルーよ
本城雅人　シューメーカーの足音
本城雅人　ミッドナイト・ジャーナル

堀川惠子　裁かれた命〈死刑囚から届いた手紙〉
堀川惠子　死刑の基準〈「永山裁判」が遺したもの〉
堀川惠子　永山則夫〈封印された鑑定記録〉
堀川惠子　教誨師
堀川惠子　戦禍に生きた演劇人たち〈演出家・八田元夫と「桜隊」の悲劇〉
堀川惠子／小笠原信之　チンチン電車と女学生〈1945年8月6日・ヒロシマ〉
ほしおさなえ　空き家課まぼろし譚
誉田哲也　Q《キ》r《ュ》o《ロ》s《ス》の女
松本清張　草の陰刻
松本清張　黄色い風土
松本清張　黒い樹海
松本清張　連環
松本清張　花氷
松本清張　ガラスの城
松本清張　殺人行おくのほそ道(上)(下)
松本清張　塗られた本
松本清張　熱い絹(上)(下)
松本清張　邪馬台国　清張通史①
松本清張　空白の世紀　清張通史②

2019年12月15日現在